Yara El-Ghadban

LE PARFUM DE NOUR

Mémoire d'encrier reconnaît l'aide financière
du Gouvernement du Canada
par l'entremise du Conseil des Arts du Canada,
du Fonds du livre du Canada
et du Gouvernement du Québec
par le Programme de crédit d'impôt pour l'édition
de livres, Gestion Sodec.

Mise en page : Claude Bergeron
Couverture : Étienne Bienvenu
Dépôt légal : 3e trimestre 2015
© Éditions Mémoire d'encrier

ISBN 978-2-89712-330-7
PS8609.E334P37 2015   C843'.6   C2015-941708-2
PS9609.E334P37 2015

Mémoire d'encrier • 1260, rue Bélanger, bur. 201
Montréal • Québec • H2S 1H9
Tél. : 514 989 1491 • Téléc. : 514 928 9217
info@memoiredencrier.com • www.memoiredencrier.com

Yara El-Ghadban

LE PARFUM DE NOUR

Roman

DE LA MÊME AUTEURE

L'ombre de l'olivier, Montréal, Mémoire d'encrier, 2011.

Le Québec, la Charte, l'Autre. Et après?, (Marie-Claude Haince, Yara El-Ghadban et Leïla Benhadjoudja, dir.), Montréal, Mémoire d'encrier, 2014.

À Oncle Ayad
Toi, qui me liras désormais depuis le ciel
là où la langue n'est plus une barrière
et la souffrance bien loin...

Je suis qui je suis tout comme
Tu es qui tu es : Tu m'habites
Et j'habite en toi, vers toi et pour toi.
J'aime la clarté nécessaire
dans notre énigme partagée.
Mais je ne suis pas une terre
Ni un voyage.
Je suis femme. Ni plus ni moins.

Mahmoud Darwich, *Le lit de l'étrangère*

BALHAM, LONDRES
KENMORE HOUSE SUR BOUNDARIES ROAD

LE JOUR DU PARFUM

Leila

Dimanche, 1er novembre 2009

Quelque chose d'étrange m'arrive. Je me suis endormie en lisant *Le parfum*. Entre le dernier mot que j'ai lu et le premier sifflet du train, je t'ai aperçu, debout sous un auvent de feuilles de vigne, le visage fixé sur une maison en pierre emperlée de figuiers. Un bulldozeur dévorait la maison, arrachant les fruitiers plantés dans ses fossettes. Tu as marché vers les ruines et récolté les herbes sous les arbres déracinés. Je me suis approchée. Tu t'es retourné, murmurant ces mots en posant la main sur mon épaule :

— Ta terre est la Terre des dieux. Quand tout est perdu, il faut apprendre à vivre comme eux. Cueille les herbes et demain nous vivrons de nouveau.

Dans tes yeux, j'ai vu la menthe, le romarin, la sauge, le thym. J'ai vu l'anis étoilé et le parfum de l'univers. Il était rouge, il était vert, alchimie de colère et de tendresse. Le parfum s'est épanché de ton corps et m'a emportée.

5h20. Le train me réveille en traversant le viaduc de Boundaries Road, comme il le fait chaque matin. La chambre se met à tourner. Le roman n'est pas couché à plat. Les oreillers sont jetés par terre. Mon cœur palpite, la camisole colle à ma peau. Mes cheveux glissent entre mes doigts, lourds et graisseux. Je plonge le nez dans les draps. Ils sentent le lait. Ils sentent le désir. Une chaleur moite se love entre mes cuisses. Cela fait si longtemps que je n'ai pas humé l'odeur de ta jouissance ou la mienne, le goût du sel au bout de ma langue, le vertige qui suit l'abandon, que je les reconnais à peine. Après tant de nuits arides, le corps est comateux, les muscles engourdis d'avoir trop peu enlacé un autre corps. Voilà tout à coup que l'eau coule de nouveau. C'est comme si j'avais pris un bain de sueur. Comme si nous avions fait l'amour toute la nuit. Comme si j'avais joui plusieurs fois de suite.

Il m'arrive de tomber dans les romans que je lis. *Le parfum* a tout pour allumer mes sens, et me faire rêver. Autant de noms de fleurs, d'épices et d'arômes pour envoûter l'esprit le plus frugal. Et pourtant, ce qui m'arrive n'a rien à voir avec le roman. De cela, je suis certaine, car la sécheresse qui s'est emparée de moi depuis un an, même la poésie n'a pas pu la chasser. Au début, les signes sont subtils : les cheveux perdent de l'éclat, la peau déshydratée picote. Au fil des jours, les rides du sourire disparaissent, celles de l'insomnie se creusent. Les caresses laissent le cœur indifférent, le pouls n'a plus d'élan. Mes doigts qui aimaient tant jouer des gammes chromatiques sur ton dos n'ont plus le sens du rythme. Les vers de Darwich que je chuchotais à ton oreille s'égarent à mi-chemin. Le jour où je ne me souviendrai plus de ses poèmes, la sécheresse ne me quittera plus jamais.

Je me lève et ouvre la fenêtre. Le train est déjà passé, mais son écho lambine sur le viaduc. Je prends une grande respiration. Le matin sent le poisson. L'humidité s'attache à la moindre brise, se couche sur les trottoirs, s'imprègne dans la terre qu'on aurait prise pour du chocolat noir, ou rampe le long des façades des maisons en un masque de mousse verte qui leur mange le visage entier, sauf les yeux et la bouche. Le soleil n'est pas assez fort pour chasser les nuages, ni pour débarrasser le ciel du gris. Ses rayons luisent sur des écailles d'argent, voilées d'une odeur qui me rappelle celle des truites que nous pêchions derrière le chalet de Lac-Caché. Jamais les Laurentides ne sont aussi loin que lorsque l'odeur du poisson entre par la fenêtre.

Nous sommes en novembre. L'aurore est blafarde. La nuit manque d'étoiles. L'automne s'éteint, mais la neige ne suivra pas. Nous agoniserons ainsi pendant plusieurs mois. Des sommeils sans rêves qui carburent à la fatigue et à l'ennui. Je me suis endormie, résignée à ce qui m'attend, mais quelque chose est venu vers moi depuis un lieu qui, je croyais, avait oublié mon corps.

Je vais au salon, une grande salle carrée qui sert à la fois de cuisine, de salle à manger et de bureau. Ma table de travail est installée dans le coin derrière le canapé. Il était une fois où elle s'écroulait sous la paperasse, les photos prises sur le terrain, les carnets et les fichiers des gens interviewés, les piles d'articles photocopiés et de livres farcis de post-it roses et jaunes. Et là où le mur est à présent nu, j'aurais autrefois suspendu un babillard couvert du plan du documentaire, avec ses séquences, l'évolution du récit, les différents témoignages et le minutage scène par scène. Si j'allumais l'ordinateur, les gros titres des quotidiens s'afficheraient l'un après l'autre. J'ai longtemps cherché ton visage dans les images, mais les images sont aussi aveugles que les photographes qui les prennent. Celles des disparus restent les mêmes, une photo de passeport, ou un cliché pris dans un autre contexte. La tienne te montre en pleine action : médecin canadien examinant un jeune patient à Ramallah dans une clinique ambulante mise sur pied grâce à son gouvernement. Elle date d'au moins cinq ans. Dorénavant, le Canada exporte les armes à la place des analyseurs sanguins et des vaccins. Il préfère aux guérisseurs les guerriers, abhorre les journalistes, encore plus les documentaristes aux généalogies suspectes comme moi. Ta photo de Ramallah ne fait plus la une depuis qu'on t'a su disparu à Gaza, là où la lumière des flashs ne se rend pas et les armes vendues accomplissent leur tâche macabre.

À présent, l'écran de l'ordinateur est noir, ma table de travail, propre. Seuls les livres refusent de se soumettre. Certains gisent sur le bord de la table, d'autres ont érigé une tour de Babel à ses pieds, toujours remplis de papiers post-it et de notes dans les marges. Leur présence me réconforte, même s'ils semblent s'être lassés de moi. Toute une bibliothèque sur la Palestine me dévisage, m'accusant en français, en anglais, en arabe.

La culpabilité n'a pas de langue. Je lui tourne le dos, comme je le fais depuis des mois, et me dirige vers la cuisine.

6 h. La faim me ronge. J'ai de cet appétit qui rend l'homme sauvage. Et j'ai envie de tout sauf du petit déjeuner habituel. J'ai le goût d'une de ces truites piégées dans le filet de l'aurore, mais à l'heure qu'il est, il ne sert à rien de faire le tour du quartier. Les habitants de Balham tiennent au repos le dimanche. Les fêtards font la grasse matinée après un samedi soir trop arrosé, les retraités attendent que le jour chasse la brume avant de s'aventurer avec les chiens dans les parcs. À part le Sainsbury's, les commerces ouvrent à l'heure du brunch et tout ferme avant le coucher du soleil, même les pharmacies. En début de matinée, Hildreth Street Market n'est que bras qui montent les auvents des marchands, et jambes qui déchargent les camions remplis de fruits et de légumes. Je me contente d'une tasse de thé et une banane et enfile mon costume de course. Je jette un coup d'œil dans l'autre chambre. Mon petit soleil dort. Il ne se réveillera pas avant 7 h 30. Juste au cas où, je laisse une note sur le tableau blanc suspendu au-dessus de son ensemble de train, comme d'habitude – Chéri, je cours. De retour dans une heure. Le bol de céréales est dans le lave-vaisselle, t'aime, Maman – et je sors.

Moi qui trouvais le jogging obscène – ne court-on pas déjà trop dans la vie – me voilà devenue, depuis un an, une coureuse assidue qui fait ses 30 kilomètres par semaine et use les chaussures comme d'autres les crayons à mine.

J'ai commencé par la marche. Je marchais pendant des heures. Tout pour ne pas rentrer. Tout pour ne pas me retrouver entre les murs blancs de Kenmore House. Tout pour ne pas dévisager depuis les fenêtres le stationnement de l'immeuble voisin. Je les garde sans rideaux. J'ai enlevé les moustiquaires. J'ai soif d'air et de lumière. Le soleil, même lorsqu'il entre dans la maison, se rétrécit. Je déteste cet appartement. Pourtant, je ne reçois que des compliments de la part des visiteurs. Comment l'avez-vous déniché? Des logements si bien faits, c'est une rareté! Et tout près de la station de métro, en plus. Il est immense, votre *master bedroom*. Quelle chance! Leurs compliments m'agacent.

Les premiers jours, je les ai passés dans les rues, à pied. Je marchais rapidement. Je voyais la façon dont les piétons me fuyaient. Même quand je ne le voulais pas, je les intimidais. Parfois je m'arrêtais et je tenais la porte de l'épicerie ou du métro pour les passagers. Prenez votre temps. Je ne suis pas pressée. Mes mots ne faisaient que les stresser. Alors ils allaient encore plus vite, s'excusaient, laissaient tomber leur sac, ou trébuchaient. J'avais beau leur sourire, ils n'étaient pas dupes. Je ne marchais pas, je piétinais. J'écrasais la ville de trottoir en trottoir, jusqu'au jour où marcher n'a plus suffi. Il a fallu courir.

Je prends la mesure de Londres par ses parcs. Je me délecte de négliger ses musées et ses palais. Le charme qui m'entoure recèle quelque chose de sinistre. On dirait un mensonge tellement gros qu'il ne vaut plus la peine de le dénoncer. Alors je cours en gardant les œillères bien serrées. Les écouteurs pompent la musique d'autres lieux, d'autres temps. Les chansons de mon adolescence, de mes peines de cœur, celles de la mère, de l'épouse et de l'amante. Cat Stevens, au premier baiser, *L'albatros* de Léo Ferré, Édith Piaf autour d'un vin et de Rochefort, Fairuz aux petits matins de Ramallah et la voix de Darwich pour la longue route...

Je monte de cette vallée un peu comme les marches de mon âme. Je grimpe une colline élevée pour voir la mer. Aucune chanson ne me porte, aucun malentendu avec l'existence... Mais les nuages se sont amoncelés recouvrant la plaine, les points cardinaux et la mer.

Tout à coup des images surgissent, placardant la musique de photos d'immeubles écrasés, de dates, de coordonnées, substituant à la poésie la grammaire brisée des gros titres criards: Trêve humanitaire violée! L'école Al-Faroukh bombardée! La mosquée de l'hôpital Al-Shifa pulvérisée! Vingt-six membres d'une famille anéantis! À force d'avancer, je reviens sur mes pas, et sur le dernier message que j'ai reçu de toi avant ta disparition:

27 décembre 2008

Raids israéliens depuis l'avant-midi. Cent cibles touchées en moins de 5 minutes. Deux cents morts, et ça ne fait que commencer. Appel à l'aide des collègues à l'hôpital Al-Shifa. Des flots de victimes dégorgent dans la salle d'urgence sans répit. Ils n'arrivent plus à en faire le décompte. Zéro journaliste sur le terrain à part ceux des médias locaux. Je quitte Ramallah. Départ immédiat pour

Gaza avec des médecins de l'UNRWA. Je t'écrirai de là-bas.

C'est moi la journaliste alors que c'était toi qui m'informais. J'ai attendu pendant que les bombes annihilaient les villes, et les morts se multipliaient par dizaines et centaines. J'ai attendu, mais le message promis n'est jamais venu. Puis, la nouvelle est tombée :

> 15 janvier 2009 — Les locaux de l'UNRWA, l'agence de l'ONU responsable des réfugiés palestiniens, attaqués aux bombes au phosphore à Gaza. Plusieurs civils portés disparus, incluant des médecins occidentaux.

Pourquoi n'étais-je pas avec toi ? Qu'est-ce que je faisais ici alors que je devais être là-bas ? Je me pose les mêmes questions depuis des mois, traversant les lieux du lac à la mer, du bleu au rouge, des Laurentides aux collines de la Palestine, les stops interminables aux *checkpoints* enjambant les événements. Les premiers jours à Ramallah, cet automne doux de 1998 où tout semblait encore possible malgré les premiers signes de l'échec du processus de paix, moi prenant des notes dans mon calepin de documentariste sur telle initiative en santé publique et telle contribution des médecins canadiens au développement du système de santé du futur État palestinien ; le dernier baiser partagé il y a un an, un 1er novembre frisquet de 2008, au bord du Lac-Caché. Les langues se mêlent aux lieux, les paysages aux paysages, Ramallah, Montréal, Londres et toutes ces autres villes dont l'ombre me poursuit depuis l'enfance. Les souvenirs dévorent les souvenirs et les moments l'extase ; l'adolescente angoissée qui a débarqué à l'aéroport de Mirabel en 1982 ; l'immigrée bilingue devenue trilingue ; la musicienne, la journaliste, la femme. Le goût et le dégoût du sexe. La plume qui tranche les poèmes, le piano martelant le cri des oiseaux sur le clavier de l'ordinateur. La violence faisant l'amour à l'amour. Du chaos, rien que du chaos, quarante-cinq ans de chaos dansent dans ma tête, sauf pour les années passées ensemble, dix saisons d'une clarté aussi limpide que celle du soleil sur la glace.

Depuis que je cours, je prends tous les détours, même les plus douloureux pour ne pas être ici, échouée sur cette île, pour ne pas croiser les gens qui habitent désormais mon quotidien, ne pas voir leurs lèvres bouger, me dire des banalités dans le bus, à l'épicerie, ou en montant l'escalier à l'appartement sur Boundaries Road. J'arrache les écouteurs et je transperce les ombres de Londres avant qu'elles ne se greffent sur ma musique. Je cours et oublie aussitôt que je l'ai fait. Les pas franchis restent là, loin de moi, détachés de mes souvenirs. Le paysage glisse sur mon corps, les odeurs s'évaporent, les couleurs demeurent froides. J'ai pris la décision de rejeter cette ville. Rien ne me passionne plus que de plaquer mes chaussures sur son visage. Et pour rien au monde ne vais-je lui offrir l'occasion de coloniser ma mémoire. Le chaos de mon histoire m'appartient et il m'appartiendra entier !

Mais ce matin... Ce matin n'est pas comme les autres. Je suis terriblement fatiguée. Fatiguée de ma colère. J'ai envie de croquer dans la terre, de me frotter contre la mousse qui caresse les troncs des arbres. Je voudrais me lancer au milieu des truites pour m'enrober dans cette odeur de poisson qui jusqu'ici m'a tellement déplu. Un murmure s'est niché dans ma peau. Mais regarde, risque un regard, me souffle-t-il à l'oreille. Permets-toi de sentir. Sois infidèle. Pourquoi pas ? Personne ne t'en voudrait de tromper le malheur.

Au dixième kilomètre, j'arrive au bout de mes forces. En une heure de course, j'ai fait deux fois le tour du parc, Wandsworth Common. Au retour, mes pieds se décollent à peine du trottoir. Je les traîne durant le dernier quart d'heure jusqu'à la maison, tout en jouant et rejouant les scènes qui viennent de défiler devant moi, de peur que le moisi du gris, de la solitude, de l'absence, absence de chaleur, absence de soleil, que tout cela ne revienne m'empoisonner. J'ai du mal à ouvrir la porte d'entrée du bloc. Je vois tout en double. Le sommeil me tire par les jambes. Par chance, Bennett est là. Il savonne le tapis bleu de l'escalier. Si fort, d'ailleurs, que tout sent l'hôpital dans le couloir. On dirait qu'il cherche à ranimer un cadavre. Nous ne sommes plus que cinq locataires dans le bloc. Le couple de l'appartement 7, au premier étage, a déménagé la semaine dernière, et le numéro 10 en face de chez nous est toujours vide.

C'est un bel homme, Bennett, bien que les années pèsent lourd dans son regard. Bien plus lourd que ses tâches de concierge. Il a cet air romantique d'un vieux voyageur, avec ce corps élancé, que j'imagine avoir été travaillé par de longues randonnées. Nous parlons peu. Je ne sais même pas quel appartement il occupe. Il se promène à tous les étages et détient les clés de tout l'immeuble. Son sourire est bienveillant lorsque l'ouvrage ne lui fait pas plisser les lèvres. Notre première véritable conversation portait sur les pare-feu, ces portes que l'on installe dans les couloirs pour contenir les incendies. Le propriétaire en a planté tellement dans l'édifice qu'on peut suivre les allées et venues des locataires rien qu'en écoutant leur claquement d'un étage à l'autre. J'en traverse au moins cinq avant de me rendre à l'appartement. C'est une véritable course à obstacles. Non seulement n'ouvrent-elles pas du même côté – tantôt je tire, tantôt je pousse – mais elles sont aussi du genre qui se referme automatiquement. Il m'arrive souvent d'avoir à tenir la porte par le pied en balançant des kilos d'épicerie dans les mains. Je me suis procuré un panier roulant, mais je n'ai toujours pas réussi à magasiner en fonction de sa grandeur. Bref, je me retrouve jour après jour dans la même situation : tirant d'un bras, trimbalant les sacs en surcroît de l'autre, me heurtant sans arrêt aux pare-feu qui se rabattent contre moi avant que je n'aie eu le temps de passer. C'est le cas de la plupart des blocs appartements, semble-t-il.

— Depuis le grand incendie, on ne prend plus de chance.

Je me bagarrais avec l'une des portes. Bennett lavait les fenêtres au bout de l'escalier.

— Quel incendie ?

— Celui de 1666.

— 1666! Ça fait longtemps, non?

— À Londres, les choses ont une longue histoire.

Je ne saurais deviner s'il était sérieux ou s'il se moquait de moi. J'aurais souhaité quand même qu'il me parle plus longtemps. Qu'il me raconte la longue histoire des choses. Mais bon... La conversation s'est achevée là. Je me suis habituée à ces rendez-vous manqués. Loin de me dissuader, le refus de Bennett de m'adresser plus de deux ou trois phrases de suite n'a fait qu'éveiller ma curiosité. Il ferait mieux en fin de compte de ne pas trop me parler de sa vie. Elle ne sera jamais à la hauteur de celle que je lui ai inventée.

Des autres voisins, je croise le plus souvent Sally. Elle jardine derrière l'immeuble dans des sandales en cuir et des chaussettes beiges, quand elle ne s'occupe pas du courrier jeté par le facteur, pêle-mêle, dans l'entrée. La première fois que nous nous sommes vues, elle m'a conseillé de ne pas déambuler chez moi en talons hauts, car le locataire d'en dessous est, paraît-il, du type irritable. Et il ne faut surtout pas s'aventurer au troisième étage. C'est un appartement qui appartient à une dame recluse. Elle ne quitte jamais sa demeure, de sorte qu'elle doit se faire tout livrer: la nourriture, les vêtements, les médicaments...

Sally sait tout cela grâce au courrier qu'elle gère pour les autres locataires, alors qu'elle garde le sien tout près du cœur. Une fois, j'ai commis l'erreur de ramasser les lettres avant elle. Je sortais pour faire quelques courses. Je les avais à peine examinées que déjà Sally bondissait en m'adressant un regard plein de reproches.

— Vous n'avez pas à vous occuper de ça.

— Elles étaient par terre, je...

— Je comprends, mais c'est à moi que le propriétaire a confié le courrier. *You understand, don't you?*

Ah! Cette convention de terminer les phrases par une question qui n'est pas vraiment une question, mais une réponse. La seule réponse!

— *Yes, of course, I understand.*

À présent, lorsque je trouve les lettres éparpillées – ce qui arrive souvent puisque je sors presque toujours à la même heure – je les enjambe sans même toucher aux miennes, sachant bien qu'elles seront dans ma boîte à mon retour. Sally ne m'a jamais invitée chez elle, mais je parierais que dans son appartement, elle a une place pour tout, et que tout est à sa place. Elle vit avec l'ordre des choses comme un vieux couple. Puisque la recluse du troisième étage refuse de vérifier sa boîte au rez-de-chaussée, Sally s'est arrangée pour que le livreur de l'épicerie lui monte le courrier les jours où il vient. Si la place manque, Sally s'impatiente. La deuxième fois que nous nous sommes vues, je venais de rentrer d'un court voyage à Paris. Elle m'a réprimandée d'avoir oublié de l'avertir de mon départ. Elle ne savait plus que faire du courrier qui débordait de ma boîte.

Après la course, je me mets longuement sous la douche. Il reste une heure avant l'ouverture du marché. Je m'étends sur le lit, bien que je n'aime pas trop les siestes. Elles invitent aux mauvais souvenirs. J'y succombe bien malgré moi et je cherche des prétextes pour me lever dès que mon corps se met à se détendre. Un bruit subit, une idée à transcrire, une soif soudaine, ou la salle de bain... Cette fois, c'est le pare-feu de notre étage. Je l'ai entendu se refermer dans le couloir. Je saute du lit et jette un coup d'œil par le judas. Personne. Je la remarque seulement en sortant pour inspecter les lieux : l'odeur. Celle de la terre humide, de racines odorantes, d'herbes et d'épices... Elle m'appelle. Je voudrais la suivre, mais le courage me manque.

♦

11 h. Je me balade dans l'allée étroite de Hildreth Street Market. Les poissons sont rangés d'un bord, les fruits et légumes, de l'autre. Des bouquets de fines herbes décorent les coins. La charcuterie est généralement vendue au bout de la rue, près de la boulangerie d'Agathe. Peu importe l'heure, la pâtissière est là, en train d'arranger les pains et les desserts. C'est une Française comme on en voit dans les petites pâtisseries de Provence. Le corps rond mais ferme, les cheveux poudrés par les années ne cédant pas une miette à l'arrogance du nez. Je lui prends une variété de chocolats noirs. À la poissonnerie, je choisis les truites aux écailles les plus lumineuses. Puis j'emporte un pot de menthe de l'herbière, et pour la marinade du poisson, de la ciboulette et

quelques brins d'aneth. De retour à l'appartement, je les cisèle et les trempe dans du vin blanc et du sel de mer corsé, versant ensuite la saumure sur les poissons que j'ai déjà enduits d'huile d'olive. Je m'assure d'en badigeonner l'intérieur d'une cuillerée de ma sauce et d'y glisser des tranches de citron avant de les griller au four. L'idée me vient de saupoudrer les truites, une fois cuites, de chapelure de noisettes grillées. Dans un pot à côté, je fais fondre le chocolat dans du beurre, le recouvrant à la toute fin de menthe hachée et de flocons de noix de coco. Je colle et bricole. En s'engloutissant dans le fondu, la menthe dégage une fragrance déchirée. Avec l'aneth grillé, les herbes embaument la cuisine, le salon, et le corridor.

L'odeur m'amène loin, très loin. Londres vient, Londres part, puis la mer, le fleuve, la vallée. La lueur d'une voix sourde.

Pudique, muette sur tes parfums tel un bouquet de lavande.

Du coup, c'est septembre 1999, je suis en route vers le chalet, le poème de Mahmoud Darwich résonnant au son du luth dans la Volkswagen grise.

Je m'approche de toi comme on se lance à l'aventure, comme on se déleste de sa peur. Je tends la main et tu ne dis rien, comme si tu étais vraiment un bouquet de lavande... dont le parfum se prend à pleines mains.

C'est la première fois que je te rejoins là-bas. Les Laurentides ondulent autour de l'autoroute et des villages colorés tapissent les vallées. Au fur et à mesure que j'avance, la forêt réclame son territoire, avalant les enseignes et les pistes de ski. Les collines se métamorphosent en montagnes, les érables en sapins.

Au bout de quelques minutes, je vois la sortie de Labelle, elle qui me semblait autrefois si lointaine. Je vire à droite, descendant la côte vers la Rivière Rouge.

— Traverse le chemin de fer.

Quel chemin de fer? Je prends la première route qui bifurque du pont de la rivière. L'ancienne gare du P'tit Train du Nord apparaît enfin. Elle ne reçoit plus les vacanciers de Montréal, sauf quelques touristes attirés par son air de station frontalière de l'ouest. L'asphalte cède au gravier. Tant pis pour la prudence. Je prends de la vitesse, les cailloux ricochant contre le ventre de la voiture. Rien de moins que le dernier chalet à la fin du dernier sentier pour le coureur des bois! Soudain, l'orignal... L'orignal au beau milieu du chemin à quelques rangs du chalet.

Je trempe une fraise dans le chocolat aromatisé à la menthe. Londres disparaît et nous voici au Lac-Caché, comme autrefois, toi coupant le pain avec un sourire amusé, les fourmis butinant sur la table.

— Vingt ans que j'habite ici, jamais je n'ai vu d'orignal.

Et moi de répliquer qu'il n'apparaît qu'aux immigrés.

Combien de fois sommes-nous revenus sur cette rencontre au fil des années ? Étendus sur le lit, après le petit déjeuner, nous en riions en comptant les coccinelles qui convergeaient dans le coin droit de la fenêtre. Combien de promenades dans les pas de l'orignal, les pieds dans les bottes au printemps ou attachés aux raquettes l'hiver ? En attendant son apparition, tu m'inventais des histoires d'ours rôdant dans les alentours.

— Essaie tes fables sur quelqu'un qui risque de les croire.

Il y avait aussi la légende des cultivateurs de cannabis et celle de la hutte dont nous avions décelé les ruines près du pont qui fendait le lac. Les truites pêchées pour l'heure du dîner, nous rebroussions chemin.

Une seule dans mon assiette aujourd'hui. Elle est bien relevée. Tu ne leur ajoutais quasiment rien, aux tiennes. Du sel, du beurre, et voilà. Je te revois évider celle qui avait eu la malchance de se faire piéger par mon hameçon.

— Ne me regarde pas faire.

— Non. Je veux voir. C'est lâche, sinon.

Elle s'est avérée être une femelle enceinte.

La veille de mon départ, pas un poisson ne s'est pointé.

— Quand il pleut, ils se retirent au fond du lac.

Tu as déposé le fil de pêche et tu t'es placé derrière moi, m'attachant une pierre autour du cou.

— Qu'est-ce que c'est?

— Une labradorite.

Je ne t'ai pas remercié, et toi, tu n'as rien ajouté. Nous nous sommes contentés d'observer les gerris surfer sur le lac. Au passage d'un nuage, sa surface s'est rembrunie. Tu t'es prosterné. Je me suis agenouillée à côté de toi, et j'ai cherché dans tes yeux la clarté de l'eau. J'y ai puisé le reflet tendre du monde.

◆

Dix ans le Lac-Caché nous a cachés, dix ans nous nous y sommes réfugiés, loin de Montréal, des obligations, des règles. Nous nous étions rencontrés dans la terre de mes ancêtres, aimés au pays de tes ancêtres. Dix ans j'ai habité ta biographie, et toi la mienne. Je t'avais montré le village de Mahmoud Darwich, toi, celui de Gaston Miron. Nous avions goûté au sel de la mer Morte, nagé parmi les algues du lac glacé, marché devant l'école des sœurs à Jérusalem, arpenté le couloir du séminaire à Sainte-Thérèse. Dix ans nous avions lu, ri, plané au-dessus du malheur et replongé dans son puits d'âmes. Dix ans tu as bu les larmes de ma joie, de ma tristesse, les as transpirées sur mon corps. Tu m'as pénétrée du dedans, du dehors, du ciel, de la terre. Je t'ai humé. Tu es sous mes ongles, sur ma langue. Ton cœur bat dans mon oreille intérieure, me berce, me balance. Tu m'es équilibre. Je t'ai tenu entre mes jambes, assiégé comme un stylo entre le pouce et l'index. Ton encre a ruisselé en moi, parcouru mes veines, filé du bout de mes doigts. Tu m'as dérobé ma peau, enrobée de tes mots.

Même si tu n'étais pas ce que tu es, présence resplendissante, je serais ce que je suis, absence en toi.

Le 1er novembre. Un an depuis que j'ai pris l'avion pour l'Angleterre et toi pour la Palestine. Tu m'avais promis que tu resterais à Ramallah. La mort t'a surpris dans son hameçon et t'a tiré jusqu'à Gaza. Regarde-moi. Que suis-je devenue sans toi?

Visible et invisible.

Documentariste sans documentaire, amante sans amant, femme asséchée pour qui le désir est aussi étrange qu'un orignal vu pour la première fois, rêveuse sans rêves cherchant un parfum depuis longtemps fané.

Après le repas, je reprends *Le parfum*, dévorant les pages. L'homme sans odeur, solitaire, malgré son succès, malgré l'amour, malgré tous ces gens qui l'entourent. L'homme sans odeur, imbibé du parfum irrésistible des femmes qu'il a assassinées. L'homme sans odeur, cannibalisé par ceux qu'il a ensorcelés. Je me remets au lit, et je pleure.

Une main se pose alors sur mon épaule.

— Pourquoi tu pleures, Maman?

Bennett

Samedi, 31 octobre 2009

Trois coups, silence, et le déclic de la serrure. Chaque fois, j'y réfléchis un peu plus. Je dose la force des frappes, mesure la distance entre la première et celles qui suivent, m'assure de cogner au même endroit pour produire la même rondeur du son. Ainsi, Nour sait que c'est moi et personne d'autre. Je ne l'entends jamais s'approcher, comme je ne l'entends jamais s'éloigner. Je me fie au déclic et me mets à compter à rebours dans le couloir. J'ajoute cinq minutes et trente secondes pour être certain. Entre-temps, je l'imagine flotter d'un bout à l'autre de l'appartement et baisser les abat-jour. Elle est assise au bord du lit, ses jambes collées l'une à l'autre, les paumes sur les cuisses. De la fente du rideau rouge qui la cache, elle voit tout. Je n'ai aucune preuve de cela, c'est vrai, à part quelques indices laissés çà et là.

Une fois entré, je dépose le carton d'épicerie et le courrier, et j'enlève mes bottes. Un besoin étrange me prend de retirer les chaussettes et de remonter le bord des jeans. Le plancher de bois est frais. Tout est sombre, sauf pour une colonne de lumière venue de l'éclairage extérieur qui perce d'entre les lames des abat-jour du salon et baigne une partie des livres le long des murs.

Je me dirige vers la cuisine et sors les provisions. Nour a un faible pour le poisson. Je mets les truites de côté sur le comptoir et le jarret d'agneau dans le congélateur. Viennent ensuite les produits laitiers. Du lait entier et du fromage de chèvre crémeux. Puis les fruits et légumes. Des agrumes, comme toujours. Elle a fait livrer des oranges. Je suppose qu'elle compte presser du jus. Et l'autre constante dans le panier? Les tomates: les molles pour les sauces, les fermes pour les salades. Les tomates cerises me font sourire. Je l'imagine préparer le repas en en mastiquant une. Les pépins giclent et se collent à son cafetan. Elle ne porte plus de tablier. Du moins, je n'en vois pas dans la pièce. Elle n'en a plus besoin maintenant, puisqu'elle a un rideau, et un appartement, et je ne sais combien de pare-feu derrière lesquels se cacher.

Depuis un mois, c'est la routine. Sally m'avait demandé de monter les provisions et le courrier à l'appartement 12, prétextant que le livreur de Nour ne s'était pas présenté. J'aurais pu refuser. J'aurais peut-être dû refuser, mais Nour me manquait. Qu'elle soit si proche et si loin me tuait. Sous le couvert de la nuit, je suis monté. Mais ce soir, le rituel a changé. Une chose nouvelle s'est introduite dans le panier. Un parfum d'épices et de fines herbes. Des arômes bannis de la vie de Nour depuis qu'elle est derrière le rideau. Les voilà, soudain, comme des bourgeons après l'incendie. Je plonge le nez et les hume. Parmi les odeurs qui se dégagent, l'anis. Sa fleur est aussi délicate que sa fragrance vivace. L'anis s'installe là où la mémoire s'est effritée. Lorsque son parfum s'attache à un temps, ou un lieu, il creuse un souvenir que même la mort ne pourrait effacer. Premier saut, première pluie, un baiser plaqué sur les lèvres, un ourson en peluche écrasé contre le cœur.

Il était une fois, avant le massacre, avant le drame, c'est le piaffement de petits pieds qui répondait à mes coups à la porte 12. De minuscules doigts tournaient la poignée, alors qu'une voix adulte me priait de patienter. Deux perles noires se posaient sur mon visage, puis sur l'objet que je tenais. Shams s'emparait de son cadeau, un *teddy bear* tout mou, comme il les aimait, et caracolait jusqu'à la chambre que seul un épais rideau en velours rouge, récupéré d'une salle de théâtre abandonnée, séparait du reste du salon. Nour, sa mère, m'offrait toujours quelque chose à emporter quand je ne pouvais pas rester pour le souper. Khaled, son père, me prêtait ses outils. Je ne repartais jamais les mains vides.

— Je suis peut-être architecte, mais ces mains ne sont bonnes qu'à crayonner des plans sur du grand papier bleu, me disait-il en me montrant ses paumes ouatées.

Le tournevis automatique est encore dans mon placard.

Avant le massacre, avant le drame, au troisième étage, devant l'appartement 12, je n'étais pas le concierge qui livrait les provisions, j'étais le médecin qui aimait bricoler. Le chirurgien de l'UNRWA qui, des années durant, ramenait de ses missions en Palestine de drôles de cadeaux et des nouvelles pour ses voisins d'en haut. Le Balhamois dont le métier, la position et le passeport lui permettaient d'aller là où les Israéliens leur avaient interdit de mettre les pieds. Et Nour était la rescapée du camp de Jabaliya, mariée à son cousin expatrié, l'étudiante douée devenue muséologue à la SOAS, ravivant les archives moribondes de la société des études orientales à Londres. Nour, la mère de Shams que j'ai vu naître à l'hôpital St Georges et grandir pendant neuf ans au numéro 12 de Kenmore House sur Boundaries Road.

Lorsque j'ai emménagé dans l'appartement en dessous du leur, Nour venait d'apprendre qu'elle portait un enfant. Elle m'avait offert un dessert pour me souhaiter la bienvenue.

— Ah... Du *knafeh naboulsi*!

— Vous connaissez!

— Qui travaille en Palestine et ne connaît pas le *knafeh*?

— Pour quel organisme? L'UNRWA, j'imagine?

— C'est aussi évident que ça?

— Je suis une enfant de l'UNRWA.

Des médecins comme moi, Nour en avait connu des dizaines dans sa vie. Elle était l'olive arrachée à l'olivier, moi, l'héritier de celui qui l'a arrachée, le coupable suppliant l'Histoire de lui pardonner. Je croyais autrefois échapper à ce schème. Je n'étais ni aristocrate, ni le descendant d'un fonctionnaire colonial, simplement Robin Bennett, fils de John, révérend, et d'Agnes, sage-femme. Appartenir au pays qui a pillé la planète ne m'empêchait pas de dormir. Le fantôme de Balfour confisquant l'avenir de tout un peuple pour le donner à un autre ne me hantait pas. « Le gouvernement de Sa Majesté envisage favorablement l'établissement en Palestine d'un foyer national pour le peuple juif, et emploiera tous ses efforts pour faciliter la réalisation de cet objectif. » Mon nom n'était pas dans la lettre. Mon père n'était même pas né en 1917. Ma blancheur n'avait pas de taches. J'ai grandi dans le Balham des années 60, respirant la sueur des ouvriers et la poussière des immeubles démolis au nom du progrès. Adolescent, je flânais dans le chaos de Balham High Road dont la taille ne cessait de grossir à l'image des banquiers et des promoteurs obèses qui avaient toute la rive sud de la Tamise et ses quartiers indomptés dans leur mire. Parfois, j'aidais mon père dans la chapelle à accueillir les oubliés et les laissés-pour-compte. Ma mère accompagnait les filles qui sont tombées du mauvais bord du baby-boom. Elles n'entraient pas dans les photos de mariage, se recroquevillaient dans le coin de la salle de bain, terrorisées par ce ventre qui du coup se mettait à gonfler dans le vide, sans une main pour le caresser ou chanter à l'enfant couvé. Très jeune, j'ai compris que la misère existait et que la miséricorde était bien avare. Je tirais une satisfaction bête d'être arrivé si tôt à ce constat. Je ne voulais rien entendre ni voir par-delà les malheurs de Balham :

rien ne pouvait dépasser en horreur le bombardement de la station de métro durant le Blitz qui avait emporté des dizaines de Balhamois se cachant sous terre, rien de plus triste que les étudiants de mon école, réduits à une chaise roulante car ils avaient eu la malchance d'attraper la polio avant la campagne de vaccination du National Health Service, rien de plus épouvantable que de trouver Rose, la fille de notre voisin, pendue au ventilateur, de surprendre Susan, l'épouse battue du barbier de Chestnut Grove, alors qu'elle maquillait ses ecchymoses, de croiser les regards résignés des orphelins de St James. Je me baignais dans l'aura de mes parents, faisais de leur vocation et générosité mon capital. Jusqu'au jour où un groupe d'hommes masqués s'infiltrèrent au village olympique de Munich et commirent l'inimaginable devant les caméras du monde.

C'était en 1972. J'avais 20 ans. Dans les rues, les couloirs du collège, les gens étaient scandalisés.

— On a bien eu raison de donner la terre aux Juifs !

Les buveurs au Clarence Pub lançaient de grandes déclarations en descendant leur pinte de bière.

— Les nazis, l'IRA, les Palestiniens, c'est du pareil au même !

Mon père m'a surpris en train de régurgiter le même discours à Russell, le vendeur de billets au cabaret de Bedford Hill. Il m'a tiré par le coude et m'a amené à St Mary's, l'école rattachée à la vieille église de Balham. Au fond du couloir, derrière les salles de classe, les toilettes, la cantine et le bureau du directeur, le regard élégant, la moustache bien taillée et les traits sculptés, un homme frêle lisait à table. Dans sa chambre carrée : un lit impeccablement fait, un drap sans un pli, un lave-mains monté d'un miroir, une table avec une lampe de lecture et un placard. Un encensoir dégageait un parfum hypnotisant. Seul élément de désordre : les livres éparpillés par terre.

— Robin, je te présente M. Toukan. Il est Palestinien. C'est un grand connaisseur de l'histoire et des civilisations. C'est aussi un amateur de poésie et un lecteur dévoué de Shakespeare. M. Toukan, c'est mon fils.

— Robin... C'est un nom exigeant que tu as, jeune homme. Tu portes les chaussures d'une légende.

Il s'est levé lentement et m'a donné la main.

M. Toukan avait frappé à la porte de l'église, cherchant un emploi. D'abord sceptique, le révérend avait reconnu en cet étranger venu de la Terre des dieux la grandeur et l'éloquence d'un érudit trahi par le sort. Il lui avait proposé de pourvoir à son logement et à sa subsistance en échange de son enseignement.

M. Toukan a changé ma vie. Du collège, je me dirigeais directement à St Mary's. Il allumait des feuilles d'herbes séchées dans l'encensoir et me parlait de la Palestine : l'école protestante où il avait enseigné avec des collègues britanniques pendant deux décennies, les jeunes réfugiés qui avaient inondé l'établissement après la catastrophe de la perte de la Palestine en 1948 : une herbe pour chaque souvenir.

— L'anis pour la nostalgie.

Si nous ne discutions pas de la révolte de 1936 contre les Anglais, il m'initiait au *Traité de l'amour* d'Ibn Al-Arabi et à la poésie de Mahmoud Darwich.

— La menthe pour le désir.

Quand la sauge embaumait la chambre, nous ruminions l'ambition de MacBeth, la jalousie d'Othello et l'avarice de Shylock.

— La sauge pour guérir l'âme.

Je lui apportais des traductions des œuvres classiques arabes et musulmanes de la SOAS. Il aimait la poésie traduite, les nuances entre les langues, et les détours inattendus qui rhabillaient les poèmes de couleurs, de rythmes et de sens inédits.

Murmure du mot dans l'invisible, musique du sens qui se renouvelle dans un poème si secret que le lecteur croit en être l'auteur !

M. Toukan s'était retrouvé à Londres par accident. Il transitait pour quelques jours. C'était en 1968, un an après la chute de Jérusalem. Les nouveaux maîtres redoutaient M. Toukan. Poète avant la poésie, trop élégant pour la vulgarité des soldats, trop humain pour l'inhumanité de l'occupation. Au lieu de présenter sa carte d'identité au *checkpoint*, il récitait un poème, alors on le jetait dans une cellule le temps que son poème se fane. Il s'était résigné à l'exil, acceptant un poste dans un séminaire aux États-Unis qui recrutait des experts du monde musulman pour former les prêtres partant en mission dans la région. Sa femme, Balqice, était enceinte. Fragile de santé, elle avait attrapé un virus avant le voyage qui avait dégénéré à Londres en pneumonie. Ni elle ni le bébé n'avaient survécu. Lorsqu'il avait tenté de retourner en Palestine, on lui avait barré le chemin.

— Même les morts ont besoin de permis pour traverser la frontière.

Balqice avait eu son permis, mais pas son mari. Elle était rentrée chez elle dans un cercueil, seule. M. Toukan avait été renvoyé à Londres, sans statut, sans pays, le visa pour l'Amérique expiré, le poste comblé, son existence réduite à une demande d'asile, le temps régulé par jours, semaines, mois, années d'attente. Peu à peu, il s'était dissous dans l'ombre de la ville. Londres n'avait pas besoin de lui, ni de son savoir, ni de son amour pour sa littérature.

C'est grâce à lui que j'ai mis les pieds en Palestine, bien des années plus tard, en 1981. Il ne pouvait plus me parler de Shakespeare, ni de Darwich, ni m'écouter lui réciter des poèmes. Je l'ai enterré à Jérusalem près du tombeau de sa bien-aimée et de son enfant jamais né. Aussitôt terminée ma résidence en chirurgie orthopédique, j'ai rejoint la division des services de santé aux réfugiés palestiniens de l'UNRWA, me déplaçant d'une guerre à l'autre.

1982, le massacre de Sabra et Chatilla ; 1986, la guerre des camps ; 1987, l'Intifada...

— Une enfant de l'UNRWA, alors.

— Oui.

— Quel camp?

— Jabaliya.

— Comment avez-vous réussi...

— À sortir de Gaza?

— Désolé.

— Pas du tout. J'ai eu une bourse d'études.

— En quelle année?

— 82.

Au moment où j'ai quitté Londres pour aller chez les siens, Nour est arrivée dans mon quartier.

— Puis l'Intifada a éclaté.

— Avez-vous pu retourner?

— Depuis 87? Non.

Malgré la tristesse du sujet, Nour rayonnait. J'ai reconnu le teint rosé et les courbes subtiles de la grossesse.

— Pour quand le bébé?

— Pour mars, fin mars.

— Félicitations!

— *Shukran.*

Au fil des jours, je lui ai raconté mon enfance, les leçons de mon maître, M. Toukan, partageant avec elle les encens, pour lesquels Nour avait aussi une passion. Les week-ends, je donnais un coup de main à son mari qui réaménageait l'appartement pour accueillir le nouveau-né. Nous étions à l'automne 1998, aussi bien dire une éternité.

Ils ne s'attendaient pas à devenir parents. L'appartement avait été conçu comme un loft pour un couple professionnel avec une seule chambre fermée. Pendant la grossesse de Nour, Khaled travaillait à rénover une salle de théâtre de l'époque édouardienne. Il a récupéré le somptueux rideau rouge qui ornait la scène et, ensemble, nous avons créé la chambre de Shams. Je partais dorénavant en mission pour mieux revenir à Londres et leur donner des nouvelles du pays.

2000, la deuxième Intifada ; 2002, le mur ; 2006, le blocus de Gaza…

Nous discutions souvent des circonstances de notre rencontre : une famille palestinienne établie à Balham, et un médecin balhamois qui soigne les Palestiniens, réunis dans un immeuble de la rue des Frontières. Heureuse coïncidence, se réjouissait Khaled, retour de l'Histoire, remarquait Nour. Moi, je n'y vois aujourd'hui que le rire des dieux.

La chambre du couple est à présent verrouillée. Le velours au cœur de l'appartement qui berçait le soleil est une prison. Plus rien n'échappe au rideau rouge. Rien qu'une ombre qui cuisine pour les absents et qui restaure les livres abandonnés alors que son parfum dépérit.

Je donnerais tout pour me retrouver parmi les albums étalés sur la table de travail poussiéreuse, ou pour être l'un des poèmes qui hibernent dans les étagères de sa bibliothèque. Nour collectionnait les éditions anciennes «parce qu'elles n'ont pas fini de raconter», disait-elle. Je donnerais tout pour enfouir le nez dans les cheveux de Nour. Toucher ce corps que ni le cafetan ni le foulard n'avaient soustrait à ma vue. On ne passe pas des années dans le pays des robes flottantes sans apprendre à lire la soie sur le corps de la femme. Le souffle trahit la rondeur des seins. L'enfant blotti contre la hanche comble le croissant de la taille. Et lorsqu'il tire sur la tunique pour attirer l'attention de sa mère, le tissu soyeux colle à sa silhouette. L'œil ferré retrace de loin les mamelles dressées par le lait, le ventre qui a servi d'oreiller et la tournure des cuisses...

J'ai palpé tant de corps écorchés. J'ai tellement côtoyé la mort que la forme de l'homme ne m'était plus que l'ouvrage d'un tailleur pervers. J'ai décousu des jambes soudées au phosphore blanc, rassemblé les lambeaux d'organes génitaux liquéfiés dans la poussière des bombes au tungstène, comblé les trous de dos-passoires échappant leurs vertèbres. Écrasé sur le lit à la vingt-cinquième heure d'un quart de travail de vingt-quatre, pendant que le ciel de Gaza pleuvait feu, balles et gaz lacrymogène, je m'efforçais de redonner aux voix qui bruissaient dans ma tête leur visage. Samar, le regard fixé sur le plafond de la chambre de l'hôpital, appelant *Mama, Mama, Mama...* Son image se désintégrait, ses appels butant comme des mouches contre le mur de ma chambre.

Elle était arrivée seule. Une fillette de 2 ans, le diagnostic tracé avec un marqueur noir sur son ventre. Elle aura bientôt 3 ans, si elle est toujours vivante. Je lui avais relevé le menton pour l'aider à mieux respirer, mes doigts pressés contre ses fossettes, ses yeux cherchant en moi quelque chose de familier. Je voulais lui administrer de la kétamine pendant que Réna, ma collègue, insérait un cathéter central. Samar était anémique. Trop de son sang avait coulé, trop peu de nourriture était passée entre ses lèvres. Quand les collègues d'Al-Shifa me croisaient dans les couloirs de l'hôpital, mes pochettes pleines de seringues de kétamine, je voyais le reproche dans leurs regards.

— Gardez l'anesthésique pour les cas les plus sérieux, Docteur. On ne sait jamais si nos cousins laisseront le convoi passer la prochaine fois. Ne gaspillons pas, me conseillait Réna.

Urgentiste, de mère anglaise et de père palestinien, Réna gérait l'excès de bonne volonté des médecins parachutés comme moi, britanniques, français, canadiens, norvégiens… Nous avions été élevés tous les deux sur la rive sud de Londres, moi dans les rues achalandées de Balham, elle, dans le confort bourgeois de Richmond. De l'héritage de son père, elle n'avait conservé que la langue, ce qui lui a permis de travailler comme interprète au service des diplomates arabes en visite en Angleterre. Un jour, Réna a accompagné une délégation britannique en Palestine. Face à l'occupation et aux ravages de la colonisation, elle a renoncé à la diplomatie, entamant une carrière en soins ambulatoires et médecine d'urgence, et apprenant l'hébreu «pour mieux répliquer à l'ennemi». Quand nous collaborions, je ne savais jamais qui des deux Réna, la Palestinienne ou l'Anglaise, me répondrait, celle qui crachait sa colère en poésie dans son journal, ou celle qui faisait froidement le pronostic alors que le patient gémissait. Avec elle, nous nous sommes confrontés à la guerre et ses horreurs, intervenant sans tergiverser, triant les victimes entre les morts-vivants pour lesquels nous ne pouvions rien faire et celles qu'il fallait abandonner à la douleur pendant qu'on s'occupait des cas urgents. En Réna grondait un volcan, que seules la dureté de son caractère et l'épaisseur de sa peau arrivaient à contenir. Chaque Samar qui passait entre ses mains exposait de nouvelles fissures dans la bouche du volcan. Sans la poésie, Réna serait depuis longtemps devenue kamikaze.

2006, le blocus; 2008, le massacre...

Oh, Samar, la petite Samar aux yeux noirs! Trois semaines durant, la fenêtre de la salle de récupération où on l'avait placée était restée ouverte, le vent glacial de la Méditerranée en décembre dévorant la chaleur que les générateurs peinaient à maintenir.

— Mieux vaut le froid que de mourir d'une écharde de verre dans la gorge, expliquait Réna.

J'aurais voulu que mes poils se dressent comme ceux de Samar alors qu'elle dévisageait le blanc des murs d'Al-Shifa. Le lit était trop grand, la couverture que j'avais pu lui trouver pas assez épaisse. Elle me visite la nuit, comme elle le faisait durant la guerre, comme elle l'a fait alors que je languissais dans les tunnels de Gaza, à moitié mort. Je serais resté là jusqu'à la fin de mes jours, si le parfum ne m'avait pas appelé. Des mois avant que je puisse revenir à la vie, des mois à rôder comme un zombie dans les rues de Gaza, des mois à me décomposer, des mois sans un mot ou un signe, à me faire soigner par les femmes dont je n'avais pas pu sauver les maris, les frères, les sœurs, les enfants. J'avais gardé le silence tellement longtemps que Sally m'avait cru disparu et le propriétaire avait reloué mon appartement.

Août 2009. Après le massacre, après le drame, je suis revenu. Boundaries Road était toujours là, l'immeuble que j'avais quitté le matin du 27 décembre 2008, tout aussi imposant au bout de la rue, le jardin, aussi beau et bien taillé. Sauf que ceux qui y demeuraient n'avaient plus les mêmes traits. Et ceux qui avaient gardé les leurs s'étaient cloîtrés derrière le rideau. Mais le sort ne s'acharne pas sans son lot de consolations. Plusieurs appartements n'avaient plus de locataire alors qu'un an auparavant, il y avait une liste d'attente. J'en ai choisi un au hasard et j'ai fait des fantômes de Kenmore House mes voisins.

Septembre, j'ai commencé à faire le ménage. D'abord mon appartement, puis le tapis dans le couloir. Le geste me soulageait, l'odeur des produits antibactériens aussi. Ces mains qui pendant des années avaient senti l'antiseptique s'y reconnaissaient. Tellement de poussière s'était accumulée sur mon âme que j'ai fini par laver le tapis à tous les étages. Le lendemain, je n'avais qu'un désir : recommencer. Lorsque j'ai demandé au propriétaire si je pouvais m'occuper de l'immeuble régulièrement, il a hésité. Sally l'a convaincu en lui jouant la carte des économies.

Octobre, j'ai apporté la première livraison chez Nour.

Aujourd'hui, le panier dégage l'odeur qui m'a sorti des tunnels, l'encens de M. Toukan dansant parmi les livres de sa chambre, ces arômes qui dans le salon de Nour ont maillé nos cœurs. Je croyais que l'haleine fétide de la guerre les avait à tout jamais pervertis, que le rideau rouge les avait exilés. Et pourtant, je les sens. Le parfum des herbes et des épices se pose sur mon épaule, papillon batifolant par-dessus les collines jonchées de villages-cadavres, de barrières-lucioles et de barbelés sanglants, papillon transperçant les murs du couloir et le velours du rideau. Il me rappelle des émotions enterrées bas, tellement bas qu'elles ont coagulé dans le talon de mon pied. Nour est derrière le rideau. Voit-elle aussi le papillon ? Sent-elle le parfum qui flotte entre nous ? Est-ce son regard qui me brûle la nuque ? Je voudrais me retourner, fabriquer une corde de son regard, et la tirer vers moi, mais je résiste. Je résiste depuis un mois et j'attends toujours qu'elle me parle.

2008, le massacre ; 2009, le drame ; 2009, le rideau ; 2009, le parfum...

Je fouille dans le panier d'épicerie et sors un pot d'origan. Je replonge et cueille le bouquet d'anis. Je ferme les paupières, me plais à effleurer les plantes, les deviner avant de les voir, les toucher, caresser leurs feuilles, respirer leur odeur. Les feuilles sont raides. Elles se dressent entre mes doigts. Je les retire pour dénouer les brins enchevêtrés. Une fleur d'anis est piégée entre mon pouce et mon index. Je lui frotte le dos et le ventre pour l'entendre ronronner, pour qu'elle brise cet interminable silence. Qu'elle vive, parle, sourie, comme avant. J'arrache la fleur et la lèche. Son goût éveille le désir, l'ivresse, la violence. Je veux tout. Qu'elle fonde et jouisse sous ma langue. Je veux la secouer, défaire sa mort. La presser contre mon torse et la semer de tout ce qui m'obsède. L'anis tremble dans ma main. Je le serre plus fort et remonte avec l'autre main l'abat-jour de la fenêtre par-dessus l'évier. Je l'ouvre. La nuit froide pince les herbes.

À Gaza, le froid pénétrait comme la mort. Je fixais la danse des draps recouvrant les trous dans le mur et je criais le nom de Nour. Je rêvais de sa lumière balayant le blanc assassin des drones, et je répétais son nom pour qu'entre par la fenêtre aux vitres cassées le souffle doux de son parfum et qu'elle chasse de mes mains l'odeur du gel anesthésique étalé là où mon scalpel avait accompli son travail de boucher. Parfois, pour sauver la vie, il faut d'abord lui faire violence. Pour entamer la guérison, commencer par tuer. Arrêter le cœur avant de le ranimer. Couper des jambes, extirper des yeux, injecter de poison les organes pour mieux les purifier. Les guérisseurs ont autant de sang sur les mains que les guerriers. Les bras que j'ai amputés dans la salle de chirurgie peuplent le cimetière de membres mutilés, perdus et désorientés.

— Ne fût-ce qu'un doigt, nous l'enterrons, avait dit Réna en emballant tendrement le pouce, l'index et le majeur de la main droite de Samar dans le tissu blanc.

Ils étaient si petits, ses doigts de 2 ans, qu'ils auraient pu entrer dans une boîte d'allumettes. Les voilà qui reviennent dans mes rêves, cherchant Samar, de qui je les avais séparés. Lorsque j'arrachais à un enfant une partie de lui-même, je hurlais contre ces mains qui avaient fait de la boucherie un remède, et quand je rentrais le soir, les poches évidées des seringues de kétamine, je criais depuis la solitude de ma chambre à ceux qui attendaient toujours le réveil de leur aimé :

— Débranchez-le, il est mort! Qu'attendez-vous encore pour perdre espoir?

Peu importe ce que je disais, ils refusaient d'écouter.

— Le cœur de mon enfant bat. Partez, Docteur, et laissez-moi tendre l'oreille en paix.

Il y a de ces médecins qui après un certain temps se lient d'amitié avec la mort et s'ennuient d'elle, et il y a ceux qui se retirent derrière un bouclier si dense que plus un sentiment ne le perce, plus une caresse ne traverse le latex, plus d'autre baiser que celui des tubes insérés dans les orifices et les poumons écrasés. D'autres encore se réfugient dans la prière, alors que Réna se retire dans la salle de bain et compose des poèmes au rythme brisé, strophe après strophe de cris qui riment avec l'horreur. Quant à moi, je me suis accordé à l'heure de la guerre et j'ai patienté en lisant Darwich, comme M. Toukan avait patienté toute sa vie, en attendant le jour où il retrouverait sa Balqice.

— La guerre peut durer six jours, la guérison, des années. Le temps n'a de maître que la patience, et la patience n'a de maître que la souffrance, et la souffrance est infinie, disait-il.

Pendant que Réna découpait les vêtements ensanglantés de femmes dans la fleur de l'âge, je pensais à Nour enveloppée dans la soie de son cafetan. En plongeant mon poing dans les torses écrasés des jeunes hommes pour masser les cœurs réduits en pulpe, je pensais au frémissement du tissu glissant sur le trottoir. Lorsque le cafetan de Nour la caressait, il rendait à la chair sa fibre humaine. Le foulard se pliait aux angles des pommettes, enlaçait le cou d'un collier d'ivoire qu'elle remontait près de l'oreille et ornait de jasmins. Il déversait sur les épaules et la poitrine des cascades de crème. Le corps cajolé de Nour, le visage dorloté de Nour, les silences parfumés de Nour évacuaient les drones et la mort de ma chambre.

Je relâche la main et laisse la fleur d'anis tomber. Son odeur s'est enracinée dans les lignes de ma paume. La sueur perle dans mes cheveux. Elle se faufile derrière mon oreille gauche, sous mes aisselles, entre mes reins, enduit le bout de mon sexe. Je m'appuie contre le comptoir pour dompter le désir. Lentement, le torrent recule. Je passe les herbes sous l'eau et les place sur le bord de la fenêtre. L'anis, la menthe, l'origan, la coriandre. J'arrache à l'anis quelques branches et les infuse dans de l'eau bouillante. Je patiente pendant que les effluves montent et que l'odeur se répand. Elle s'agrippera à ma chemise toute la nuit. J'amènerai le parfum de Nour partout, l'exposerai à la lune, lui ferai visiter le quartier endormi.

Je sais qu'elle est là, et qu'elle me voit. Je me tourne vers le rideau, et j'attends. Un geste, un mot. N'importe quoi pour traverser la pièce et la prendre.

Rien.

J'attends cinq minutes et trente secondes, et je quitte l'appartement.

Leila

Mercredi, 4 novembre 2009

Il y a des jours où tout semble si ordinaire. Je peux facilement imaginer le monde exister sans moi. Le professionnel cravaté qui passe les mardis devant l'entrée de l'immeuble au moment précis où je jette les ordures ne s'inquiéterait pas s'il ne me voyait plus. Au plus vérifierait-il son portable pour s'assurer de l'heure et de la journée. Agathe, la pâtissière, ne ferait pas le deuil de sa cliente si je disparaissais. Sally trouverait rapidement quelqu'un d'autre à réprimander. Bennett ne regretterait pas la vie que je lui ai imaginée. Une fois sa place faite, ça y est, le corps pourrait tout simplement s'absenter. Il a déjà laissé sa marque dans la pâte de la ville. Un jour, quelqu'un d'autre fournira la chair qui manque à la silhouette tracée et personne ne remarquera que la brunette qui marchait avec son garçon sur Balham Park Road pour prendre le 319 vers l'école a changé de visage. Dans une journée ordinaire, on peut laisser aller les choses, envoyer son ombre faire les courses et attendre à l'arrêt d'autobus. Mais depuis que le parfum m'a visitée, plus rien n'est ordinaire.

10h. Je remue le café sur un feu plus doux que d'habitude, la cuillère à thé calmant le volcan qui veut tant déborder. Il y a quelque chose de sensuel dans ce rituel, dans le mouvement circulaire de la cuillère, la façon dont la mousse caresse la surface concave. Collante, coulante, collante. Quand le café suinte de la cuillère, il révèle sa translucidité, comme la peau qui laisse transparaître ses veines.

— Et ses peines, m'as-tu dit une fois.

Avant qu'il ne soit prêt, la porte s'ouvrirait, et tu entrerais. Avant que je ne le déverse dans la tasse, nous serions entre les coussins du canapé. Si seulement le pare-feu n'avait pas claqué. Je cours vers la porte, la tirant avec tellement de force qu'elle se cogne contre le mur. Personne. Encore et toujours personne, sauf une plante en pot laissée à mes pieds. Je la passe sous l'eau et la mets au bord de la fenêtre dans la cuisine. Le café m'attend. Je l'avais enlevé du feu pour qu'il ne déborde pas en mon absence. Une fois remis, plus rien ne remonte. Le volcan s'est rendormi. La mousse, effritée. La magie, dissipée. Nous ne sommes plus seuls. Je recommence à remuer le café tout en alimentant le feu. En vain. Il n'a plus le même souffle. Je m'élance vers le pot pour le jeter par la fenêtre. Oui, je l'aurais fait, sauf que la plante a une étiquette. Et l'étiquette est écrite à la main, les alphabets enlacés les uns dans les autres avec des courbes bien rondes et des tirets gourmands d'encre noire.

L'étiquette indique le nom de la plante en latin : *Umbellifera Pimpinella Anisum*. De jolies ombelles blanches recouvrent les feuilles qui ressemblent à celles du persil et de la coriandre. Son odeur, cette odeur si familière, celle de la chaleur qui m'a habitée une nuit entière, celle de la soif, du lait et de l'eau sous les draps. C'est de l'anis. Je ne l'ai jamais vu sous forme de plante, encore moins en fleur. Je prends le pot et m'attable pour lire l'envers de l'étiquette :

> *Plante annuelle, ne dépassant pas 50 cm.*
> *Ses feuilles vertes et tendres servent à aromatiser salades, viandes et poissons.*
> *Primées pour leurs propriétés aphrodisiaques, les graines entrent aussi dans la composition des galettes, des pains et des boissons pour stimuler la libido.*
> *Son huile essentielle lui attribue des pouvoirs aromatiques et médicinaux, voire stupéfiants :*
> *résolution musculaire, analgésie, sommeil, tremblements, ivresse, hébétude, convulsions.*
> *Utiliser avec précaution.*

Je baisse les paupières et frotte mon visage contre les ombelles. Prudence, sois maudite ! Le parfum se fraie un chemin dans mes narines, entre mes yeux, à travers mon front, au creux de chaque boucle de mes cheveux. La température s'élève. Il se glisse dans mes pantalons, s'agrippant à la chair molle de l'intérieur de mes cuisses, s'insère entre mes jambes. Le parfum se tortille en moi alors que mon dos se raidit pour lui ouvrir la voie. Les spasmes de plaisir vibrent du fond de mes tripes jusqu'au bout de mes ongles. Je flotte au-dessus de mon corps, le contemplant comme si je le découvrais pour la première fois. Est-ce vraiment moi qui gémis ainsi? Ces soupirs de bonheur, est-ce moi qui les pousse?

— Si tu t'en souvenais encore, mon corps, pourquoi ne m'as-tu rien dit?

— Je ne suis pas fait pour lui. Ne te l'ai-je pas tant de fois dit?

L'émotion m'assomme, comme une gorgée de liqueur avalée trop vite. Je rouvre les paupières. Un visage me fixe dans le miroir suspendu face à la table, les traits pervertis. Combien de fois m'as-tu dit que je suis belle quand je jouis? Combien de fois m'as-tu laissée m'emporter avant que tu n'arrives? Lorsque je te demandais pourquoi tu te privais ainsi, tu répondais: pour le plaisir de te voir venir. J'imaginais mon orgasme séduisant. Face à moi, pourtant, se dresse une femme pathétique qui rêvasse en faisant le café et se masturbe devant une plante d'anis.

Je prends le portable.

— Allo, Mhammad?

— Hé! On n'est même pas jeudi!

— Es-tu libre?

— Pour toi? Toujours.

— Ça te dirait, une promenade?

Je veux tout sauf être dans mon corps. Fuir, loin, loin de lui et de ce reflet dégoûtant. Je laisse la plante sur la table et le café refroidi, enfile mon costume de course et pars. Sally se tient au rez-de-chaussée devant les boîtes à lettres, absorbée par les enveloppes qu'elle trie méticuleusement avant de les insérer dans les fentes appropriées. C'est bien la dernière personne que je voulais croiser.

— Bonjour.

Surprise, elle échappe les lettres, dont une à son nom. Elle l'enterre aussitôt sous le reste du courrier avec le pied, mais j'ai eu le temps de remarquer l'énorme «RETURN TO SENDER» plaqué en rouge sur l'enveloppe.

— Bonjour.

— Désolée, je ne voulais pas vous surprendre.

— Vous ne m'avez pas surprise du tout.

— Est-ce que j'ai reçu quelque chose ?

— Oui, un colis d'Amazon. Naturellement, gros comme il est, j'ai dû le laisser par terre.

— Merci. Je le prendrai en rentrant, si ça ne vous dérange pas.

— Tant que vous ne le laissez pas là.

J'ai toujours l'impression que Sally m'accuse quand elle m'adresse la parole. Comme si c'était moi qui déterminais la dimension des livres et des colis d'Amazon. Les traits angulaires, le menton carré, les yeux aussi larges et rectangulaires que ses lunettes, les épaules masculines, surdéveloppées par le travail au jardin, Sally me fait penser à ces sièges inconfortables qui poussent à se lever dès qu'on y pose le derrière. Ses cheveux raides sont tellement collés aux ombres de son visage que même les rafales de l'automne ne parviennent pas à les soulever.

Elle me trouve sans doute tout aussi laide. Je brûle de mille feux alors qu'elle s'éteint. Mes plantes ont des jambes, un sexe et le désir inassouvi. Les siennes ne sortent jamais du jardin ni du carré qu'elle leur a assigné. Elle les taille sans arrêt, coupe les branches rebelles peu importe la saison, leur impose la même forme bien que l'environnement ne cesse de changer. En l'espace d'un an, les appartements se sont remplis et se sont vidés. Les jours passent, les gens arrivent et repartent. Rien ne reste le même.

Moi aussi, j'ai changé. Il y a deux mois, je n'aurais jamais pensé appeler mon cousin, encore moins lui confier mes problèmes. Il avait essayé de me contacter à plusieurs reprises, mais, pour être parfaitement honnête, je m'étais toujours arrangée pour ne pas répondre. Nous ne nous étions pas vus depuis l'adolescence. Ma mère me donnait parfois de ses nouvelles et ce qu'elle me racontait n'avait rien de rassurant. Elle avait beau me répéter qu'il était transformé, je n'avais aucun moyen de le vérifier. Les semaines se sont écoulées, puis les mois, sans que je ne retourne ses appels, jusqu'au jour où mon petit soleil m'a demandé pourquoi il n'avait pas d'oncles et de cousins à Londres.

Pour ces retrouvailles, Mhammad et moi nous étions fixés un rendez-vous sur Oxford Street devant le magasin de Dorothy Perkins. J'ai cherché un visage familier dans la foule. Avait-il grossi, maigri, perdu ses cheveux? Et que penserait-il de moi, avec ma coupe garçon, et ces cheveux gris qui me dessinent déjà des petites vagues blanches autour des oreilles?

— Cousine!

— Hamada!

— On ne m'a pas appelé par ce nom depuis vingt ans.

Le Hamada de mon adolescence se tenait face à moi, quoique la barbe épaisse, les traits usés et le sourire moins éclatant.

— Je t'appelle comment alors?

— Mhammad.

Il a sorti une cigarette et un briquet de sa poche.

— *Cigara*?

— *Shukran*, je ne fume pas.

— Palestinienne et tu ne fumes pas? Une chance que tu parles encore l'arabe, sinon on ne te reconnaîtrait pas!

— Tu exagères un peu, non?

— Tu bois du café, au moins?

— Là tu parles ma langue.

— *Yallah*, il y a un Starbucks pas loin d'ici.

Nous nous sommes installés au deuxième étage du café, tout près de la vitrine. Oxford Street défilait en dessous. Même après un an, je ne peux m'empêcher de fixer la ville comme le ferait un touriste, avec ce regard panoramique qui prend en note la couleur des autobus et la gestion du trafic et qui se met à théoriser sur le pourquoi du comment de telle et telle pancarte et sur qui pourrait bien vivre dans ces édifices coloniaux d'en face. Il m'arrive aussi, en prenant le train, d'avoir des déjà-vus, alors que je n'avais jamais mis les pieds à Londres avant l'an dernier. Lorsque le train passe à côté de la station électrique de Battersea juste avant de traverser la Tamise, je revois l'édifice tel qu'il était en 1976, plaqué sur la pochette de l'album *Animals* de Pink Floyd. Ne manque que le cochon volant pour compléter le tableau. Aujourd'hui, il ne reste de la station qu'une coquille vide aux vitres cassées, et les énormes cheminées, vestiges de la révolution industrielle, qui lui ont valu le statut de site historique. Alors, un air de nostalgie me pince le cœur et je me sens presque en deuil, comme si j'avais 100 ans et que j'avais habité Battersea pendant ces années folles où des colonnes de nuages noirs serpentaient dans le ciel et les Oliver Twist, Nicolas Nickelby et David Copperfield s'empoisonnaient les poumons dans le ventre des usines. C'est le propre des villes littéraires de se dédoubler dans la vie et dans l'imaginaire. C'est ce qui me rend mal à l'aise. Je ne sais jamais si c'est moi ou bien Londres qui m'habite.

— T'aimes ta vie ici?

J'ai haussé les épaules.

— *Mashi...* Et toi?

Nous avons passé deux bonnes heures à discuter de ses études en infographie et des courts-métrages animés qu'il réalisait. Il était heureux de partager ses idées. De fil en aiguille, Mhammad m'a raconté sa vie depuis notre dernière rencontre, la phase néo-goth, son amour et désenchantement de la religion, son mariage et divorce, et son fils en Jordanie, sans compter les liaisons éphémères avec les filles est-européennes. Ses confidences m'ont étonnée. Il devait se sentir vraiment seul pour tout dévoiler ainsi à une cousine qu'il n'avait pas vue depuis près de vingt ans.

— À ton tour, Leila ! Comment va tout le monde ?

— Bien.

— Et Samer, ton mari ?

— Il voyage beaucoup.

— Et le petit ?

— Ah, Shams est superbe. Il adore Londres.

— Tu l'as nommé d'après le soleil, pas mal !

— C'est en Palestine que le nom m'est venu.

— Le fameux documentaire sur la Palestine ! Où en es-tu ? C'est terminé ?

— Non... C'est compliqué.

— Tu y arriveras, ne t'inquiète pas. On fait une petite marche ?

— Bonne idée !

— Où veux-tu aller ?

— Hyde Park ?

— Ça tombe bien, je dois passer par la banque, c'est sur le chemin.

Nous nous sommes arrêtés devant une succursale de la HSBC. Mhammad était agité, jetant des coups d'œil furtifs à l'intérieur.

— Elle est là.

Il m'a regardée avec embarras.

— Est-ce que je peux te demander une faveur ? Peux-tu retirer 100 livres du guichet et me les passer 30 secondes ?

— 100 livres ! Pour quoi faire ?

— Pour les déposer.

— Tu veux draguer la fille à la banque ? Franchement Mhammad ! Qui dépose encore son argent chez un commis ? Ce serait plus simple de l'inviter pour un café.

— Regarde-la, Leila, c'est une reine, cette fille. Si je le demande comme ça, elle va me rejeter juste pour faire la difficile.

Jouer à ce jeu d'adolescents alors que mon cousin a près de 34 ans et n'a même pas l'argent pour venir à bout de son stratagème !

— Bon, *yallah*. J'ai hâte de voir qu'est-ce que ça va donner, cette aventure.

La grande aventure s'est terminée en queue de poisson. Nous avons attendu dans la file un bon quart d'heure seulement pour nous faire servir à notre tour par la dame au guichet à côté.

— Désolée, lui ai-je dit sincèrement en sortant de la banque.

— Pourquoi ? T'as pas remarqué comment elle me regardait pendant que sa collègue déposait l'argent ? Au parc !, a-t-il ordonné, le pas léger.

Je ne savais plus si je devais être émue ou avoir pitié.

La Serpentine à Hyde Park ressemblait plus à une plage qu'à un lac ; des bancs de bronzage étaient alignés au bord de l'eau. Un vendeur de crème glacée sollicitait les promeneurs, qui brisaient aussitôt des miettes de leur cornet et les offraient aux oiseaux. Moi, j'avais tellement mal aux pieds d'avoir marché dans de nouvelles sandales que je me suis jetée tout de suite sur l'un des bancs et j'ai relevé les jambes, fermant les yeux pendant que mon cousin allumait une autre cigarette. Rires d'enfants, battements d'ailes enveloppés dans les murmures des arbres, ruissellement d'eau... J'ai pris une grande respiration. L'air est descendu jusqu'au fond de mon ventre, pressant son poids contre ma poitrine, chaud et rassurant. Je me serais endormie sans les occasionnelles sirènes des policiers. Mieux que ce soit ainsi. La tranquillité me terrifie. Pendant des années, je l'ai chassée de ma vie, l'ai fuie alors que d'autres donnaient tout pour y goûter. Je n'ai jamais utilisé un cadran. Lorsque j'ai des rendez-vous, je passe la nuit à me réveiller pour vérifier s'il est l'heure de se lever. Le temps et moi, nous n'avons jamais été amis. De grandes angoisses m'envahissaient, enfant, lorsque j'avais deux ou trois minutes de retard. Adolescente, le son de la radio remplissait des nuits entières l'espace de ma chambre. Je peuplais le silence de bruit, de gestes inutiles, ramassais de l'air les moments de repos comme si leur présence m'empêchait de respirer. Adulte, je me suis arrangée pour avoir de tout sauf du temps. Je vivais deux ou trois vies en même temps, les mettais l'une par-dessus l'autre et courais leur escalier perpétuel. Je virevoltais si vite d'une vie à l'autre que je suis devenue un amphibien. Je respirais autant par ma peau que par mes poumons, habitais la terre tout en gardant la tête dans l'eau. Je travaillais mon corps comme on pétrissait une pâte. Lorsque le sommeil l'appelait, je m'inventais des rêves bourrés d'action pour le réveiller. Le temps a fait de moi une véritable athlète, l'une de ces femmes qui arrivent à jouir en accouchant d'un enfant. Un jour, d'un coup, j'ai baissé les bras. Une fraction de seconde. Un moment d'inattention. C'est tout ce qu'il fallait pour aboutir à Londres, entourée de quiétude et de beauté, à faire presque rien.

— Quel bonheur, n'est-ce pas?, a soupiré mon cousin.

— Oui... le bonheur.

— En passant, merci, Cousine.

— Pourquoi?

— Pour l'argent. Je te rendrai les 100 livres, promis.

— Oh, ça ne presse pas.

Une ombre a voilé le visage de Mhammad. L'enfant amoureux n'était plus.

— Je suis vraiment heureux que tu sois ici, Leila...

Je lui ai fait la bise.

— Moi aussi.

Depuis les retrouvailles avec mon cousin, les jeudis lui appartiennent. Je cours un petit 5 kilomètres le matin, me douche et je saute dans le métro pour le rencontrer au Starbucks. Nous commandons un café et il me montre des extraits de son film animé. Nous prenons ensuite la route pour Hyde Park et nous nous reposons sur un banc au bord du lac. Mhammad me décrit alors sa dernière conquête en partageant les photos sur son cellulaire, la fille à la banque depuis longtemps oubliée. Je l'admire pour sa façon de lever le nez sur le temps. Il m'arrive de vouloir lui parler plutôt qu'écouter, de tout lui avouer. Je voudrais tant lui parler d'amour, du vrai, lui raconter comment, enceinte, je t'ai aimé six mois durant à Ramallah, attendu huit mois avant de te revoir à Montréal, un garçon sur les bras. Je partagerais volontiers nos aventures dans la forêt, le jour où un nid de guêpes est tombé de l'arbre alors que nous étions étendus nus dans l'herbe, le patinage sur les bordages glacés de la rivière, les pauses dans la vigie pendant la saison de chasse à épier la pomme laissée pour attirer le cerf. Mhammad, dont le fils vit loin de lui, comprendrait peut-être les dilemmes de la mère animée par les désirs de l'amante, de l'épouse déchirée entre la fidélité et les promesses de l'amour. Il ne me reprocherait pas les après-midi où j'arrivais juste avant la fermeture de la garderie parce que je ne voulais pas me détacher de toi, ne me jugerait pas si je lui racontais toutes les fois où j'ai amené Shams au chalet, alors qu'il était encore trop jeune pour se souvenir de toi ou répéter ton nom. Une fois, durant l'un des voyages de son père, nous avions passé la fin de semaine ensemble au Lac-Caché. Shams n'était pas propre encore. Il avait sali le lit et nous nous étions levés pour le laver et nettoyer. Tu m'avais écrit une lettre en souvenir de cette nuit, me remerciant de t'avoir donné la chance de savourer les plaisirs de la paternité, toi qui n'as jamais eu d'enfant. Parfois, les circonstances nous obligeaient à prendre une chambre à Montréal, nous transformant en deux amants parmi tant d'autres dans la ville. Nous devions faire face au réceptionniste, tantôt accusateur, tantôt complice. Ces moments périphériques étaient si difficiles, ils nous tenaient dans le temps et hors le temps. Si au dernier baiser tu avais insisté pour que je reste, j'aurais abandonné la décision de sauver mon mariage, si tu m'avais demandé de t'accompagner à Ramallah, j'aurais laissé Samer et Shams recommencer leur vie à Londres sans moi. Mais tu t'es contenté d'observer la surface opaque du lac et moi de porter la labradorite.

À ces souvenirs, ma gorge s'assèche. Je me mets à nouer les doigts, à éviter le regard de mon cousin. Les grands aveux se réduisent en phrases banales. Je lui suggère alors une marche et je m'accroche au silence.

Pas aujourd'hui. Ce n'est pas jeudi et je suis fatiguée de ma peur. Je vérifie l'heure. Midi. La Serpentine est calme. Le lac attend. C'est maintenant ou jamais. Les mots sortent de moi, comme d'un tiroir surchargé : l'étrange sensation qui m'a réveillée en sueur, l'odeur qui m'obsède depuis trois jours et ma piètre tentative d'apprendre son secret en la recréant moi-même.

— J'ai trouvé un pot d'anis devant la porte avec une étiquette écrite à la main.

— Ah bon ! Qu'est-ce que tu as fait ?

— J'ai failli jeter la plante, mais j'ai changé d'avis.

— Tu n'as pas frappé chez les voisins ? Je parie que ça vient de la dame qui fouille le courrier.

— Sally ? Absolument pas.

Il libère de sa bouche un grand anneau de fumée.

— Ou mieux, c'est Madame Crusoé d'en haut.

— Comme si tu avais lu Robinson Crusoé ! Non. C'est un homme qui m'a laissé la plante. J'en suis certaine, et le seul qui me vient à l'esprit, c'est...

— Ton beau concierge.

◆

15 h 30. Tout au long de la route vers l'école, les mots de Mhammad ont trotté dans ma tête. Et s'il avait raison ? J'écarte l'idée et récupère Shams.

— Est-ce qu'on peut rentrer par le chemin du parc, Maman?

En général, je ne passe pas par Wandsworth Common après le coucher du soleil, mais en ce début de soirée, le ciel est d'une blancheur angélique, comme celle de la première neige au Lac-Caché. Shams et moi traversons les terrains de tennis pour prendre le pont des voies ferroviaires. Il mène à l'étang où de petits quais s'étendent çà et là, entourés d'iris, de salicaires et d'autres arbustes aquatiques. Shams adore courir sur les trottoirs flottants. C'est à ce moment que je le vois. Un homme dans la vingtaine rôde sur le pont, balançant la tête de droite à gauche et de gauche à droite, sa barbe rousse mal entretenue rongeant le creux de ses joues. Parfois il s'arrête et colle l'oreille au parapet métallique du pont. La barrière s'élève bien au-delà du champ de vision des piétons, de sorte qu'on ne voit pas les trains qui passent en dessous. Le jeune homme écoute avec passion. Le vrombissement grippé des autobus, le jappement des chiens, les conversations mondaines des promeneurs, la rivière humaine qui se rue vers le pont pour enjamber les voies ferroviaires, tout cela ne semble avoir aucun effet sur lui. Je m'arrête, ne sachant pas trop quoi faire. J'ai honte de le dire, mais je cherche un moyen de traverser avec Shams sans avoir à me rapprocher de lui.

Soudain, une gamine se pointe de l'autre côté du pont, roulant sur sa trottinette. Le jeune homme se fige et la dévisage avec une telle franchise que ses parents accourent. Le père s'empare des manettes de la trottinette et la tire tout en fixant un point vide devant lui. La maman lance à son tour une phrase du genre : « Allez, ma choupette, nous serons en retard pour ton cours de ballet. » Certains couples suivent, armés de leur bouclier de parents préoccupés par la sécurité de leurs enfants. D'autres jettent des regards réprobateurs aux alentours, cherchant l'infirmière négligente qui a cru bon de laisser son patient errer sans laisse en public :

— Qu'attend-elle ? Un autre drame ?, s'indigne une dame traînant ses jumeaux dans un wagon Radio Flyer.

Elle est bien là, l'infirmière, couchée sur le gazon entre les deux sentiers du parc qui bifurquent à partir du pont, un livre en main. Comme son protégé, elle talonne les parents des yeux. Lui, la bouche entrouverte, elle, les lèvres plissées. Lui, une expression d'incompréhension sur ses traits, elle, le regard blasé. La culpabilité me monte à la gorge.

— Viens, chéri. On va dire bonjour au monsieur.

Nous marchons, Shams et moi, vers l'homme et lui faisons un bonjour amical. Il se retourne et aussitôt recule, le dos collé au parapet, comme s'il nous avait reconnus. Puis il avance. Je ne bouge pas. Il tient la main de Shams et se met à répéter :

— *Sun, sun, sun.*

— Oui il fait beau aujourd'hui.

— *No! Son!*

Il pointe le doigt sur Shams.

— Oui, c'est mon fils. Il est plus jeune que toi.

— Shams!

C'est à mon tour de reculer.

— Comment... Comment l'as-tu su?

L'infirmière s'approche.

— Son nom est Charlie.

— Charlie, comment as-tu su le nom de mon fils?

Mais il est déjà ailleurs, le nez enfoncé dans un trou au bas du parapet qui, je devine, laisse entrevoir les wagons du train roulant en dessous. J'interroge l'infirmière.

— C'est sûrement une erreur, madame. Charlie est malade.

— Oui, peut-être...

Bennett

Mardi, 3 novembre 2009

De l'eau bouillonne sur le poêle. Je me dirige vers le garde-manger pour prendre le café. Avant je n'en buvais jamais le soir. À présent, j'attends la nuit pour le boire en compagnie de Nour, qu'elle sente l'odeur qu'elle aime tant. Les choses fondamentales ne changent jamais. Dans le garde-manger, les friandises qu'elle avait l'habitude de dissimuler derrière les bouteilles d'huile d'olive sont encore là, mais pas de café. Il est peut-être dans le sac d'épicerie. Je tâte le sac de l'extérieur. Jaillit l'odeur du café. Et avec elle resurgit le souvenir de doigts enfantins enfoncés dans la poudre et le soupir satisfait en humant les graines fraîchement moulues. C'est ainsi, au pays, qu'on apprend aux jeunes à apprivoiser l'amertume du café.

— Fadi! Tiens, un demi-kilo, *noss-noss*, moitié blond, moitié noir, avec la cardamome, n'oublie pas!

— Oui, mère.

— Tu rends la monnaie, tu m'entends?

— Oui, oui.

— *Yallah*, tout de suite !

Et le sac, tout chaud, tout doux, entre les mains. À l'adolescence, Fadi, Salwa, Shireen et tant de filles et de fils l'ont senti tellement de fois en cheminant vers la maison que la saveur coule déjà dans leurs veines.

— Je connais mon café, celui de ma tante, celui de mes amis.

Je sais leurs différences. Aucun café ne se ressemble... Un café peut sentir la coriandre, c'est que la cuisine est en désordre ; la caroube, l'hôte est pingre ; le parfum, la maîtresse de maison est sensible à l'apparence des choses.

Nour aimait le café, comme son poète. Elle le reconnaissait de loin.

Chacun a son propre café, à tel point que je peux juger d'un homme, pressentir son élégance intérieure, à l'aune du café qu'il m'offre.

Elle l'aimait tant que Khaled, son mari, en était jaloux. Ayant grandi en Angleterre, rien n'existait pour lui avant ou après le thé. Nous nous étions entendus, entre Anglais, pour initier Nour à l'art des tisanes, lui faire infuser les herbes au lieu de les brûler. Nous plaisantions ainsi, manigancions de petites rébellions sans véritables conséquences.

Peut-être était-ce sa façon de revendiquer une part de ce qui m'attachait à Nour, sa femme, d'insérer son chaînon dans notre collier. Nour et moi, il le savait, partagions le même secret, buvions le même café. Et le pays, nous le portions comme une amulette. C'est ainsi que nous nous étions reconnus. C'était l'une de ces choses intimes, si intimes qu'il était banal d'en parler. Il n'y a rien de plus vulgaire que de réitérer une évidence. Entre nous, le pays s'agitait comme un enfant mal aimé, ayant perdu l'habitude des câlins. Les mots apaisants l'agressaient. On s'abstenait de révéler aux autres son nom, ou de le présenter aux étrangers. Nous le couvions sans le toucher, l'aimions avec douceur et précaution. Un malaise s'installait lorsque j'évoquais mes séjours au pays devant Khaled. Chaque anecdote, lieu, recette, ou expression qui trouvait dans les yeux de Nour une réponse prenait le goût de la trahison. Et qui aurait pu le blâmer? Khaled est né à Londres, Nour y a débarqué à l'âge de 18 ans. Ils étaient deux naufragés dans un archipel. Elle sur une île, lui sur une île.

— Il cherchait ses racines, et moi, je rêvais d'une autre vie.

Des couples comme le leur survivent sur les catachrèses que l'exil fournit en abondance. C'est Nour qui m'a appris le mot, une fois, en examinant une blessure que le petit Shams s'était faite au genou et qui se cautérisait mal.

— Ça ressemble à «catachrèse». «Cautérise», je veux dire. Catachrèse, cautérise. Ou plutôt, catachrèse, catharsis. C'est encore plus proche. Penses-tu qu'ils sont reliés?

— C'est possible.

Je n'avais pas osé lui avouer que je ne connaissais pas le mot. Elle l'avait deviné.

— La catachrèse étend la signification d'un mot au-delà de son sens propre. Pour certains, c'est un abus de langage, pour d'autres, une libération.

— Et toi, qu'est-ce que tu en penses?

— À Jabaliya, nous vivions si loin de nos désirs et nos espoirs que nous passions la journée à renommer les choses. La misère était un chant, le camp une légende, l'exil un royaume... Plus la souffrance est profonde, Bennett, plus les mots et les rêves sont grands.

Dès lors, j'ai vu Nour seulement à travers ce mot : tout ce qu'elle avait dû sacrifier, tout ce qui lui avait été imposé, langue, pays, paysage, les villes rebaptisées, les cartes redessinées, tout ce qu'elle s'efforçait d'inventer et de réinventer, étirer, reformuler et réinterpréter par-delà les termes qu'on lui a enfoncés dans la bouche et qu'elle vomissait, la mémoire qu'elle restaurait un album à la fois, la peine qu'elle recouvrait de palimpsestes. Et le pays, toujours ce pays démembré qu'elle était déterminée à rassembler peu importe les abus de langage et le dérapage du réel. De telles blessures cautérisent mal, en effet.

Personne ne sort indemne de l'exil. Les naufragés qui avaient espéré consolider l'archipel se rendent vite compte que les îles dérivent, et leurs pirogues manquent de rames. Et ceux qui avaient imaginé le pays comme un tissu déchiré dont il suffirait de recoudre les haillons découvrent après coup que l'aiguille était brisée, et le fil qu'ils croyaient partager n'était ni de la même couleur ni de la même épaisseur. Les obstinés fixent les points de suture grossiers et se disent : Tant pis ! Tournons la page. Faisons un enfant et appelons-le Shams. Son corps lisse effacera les cicatrices. Sa caresse mettra un baume sur la peau écorchée. Son gazouillis comblera les trous là où la parole a manqué de mots. De ses orteils pousseront de nouvelles racines, et du bout de ses doigts pendront des oranges et des olives.

Le jour de la naissance de Shams, j'ai offert à Nour un édredon de Hildreth Street Market. Le bébé s'y était attaché comme le chant à la danse. Il piquait des crises lorsque sa mère mettait l'édredon au lavage, ou si elle ne l'apportait pas lors des sorties. Il l'a traîné pendant des années partout où il allait. À son septième anniversaire, Shams m'a raconté l'histoire de cet édredon que Tatie Layal lui avait tricoté au pays pendant la grossesse de sa mère. Elle s'y était consacrée du lever au coucher du jour, de sorte que la chaleur du soleil et les odeurs de la terre s'y étaient imprégnées.

— C'est pourquoi Maman m'a appelé Shams. À cause de mon édredon ! Shams veut dire soleil, M. Bennett. Vous le saviez ?

Il était si fier de l'origine de sa couverture que j'avais rajouté volontiers au mensonge, lui fournissant d'autres détails sur la signification des motifs qui la décoraient et sur le paysage qui les avait inspirés.

Catachrèse, catharsis. Nour avait raison.

•

Le jour où Shams s'est blessé, nous faisions une promenade. Nour m'avait proposé de faire le tour de Balham, elle, la muséologue qui s'intéressait à l'histoire du quartier, moi, qui y avais grandi. Son mari devait nous accompagner, mais s'est désisté à la dernière minute. Nous sommes partis en balançant Shams entre nous.

— Par où commencer ?

— Par St Mary's.

Je n'avais pas franchi la porte de l'école depuis le décès de M. Toukan. La chambre où il vivait n'existait plus. Le fond du couloir donnait à présent sur la réserve, où étaient entassés objets et souvenirs. Nour s'est introduite dans l'obscurité et a allumé une tige de romarin.

— Pour les disparus. M. Toukan saura que nous sommes venus.

Deuxième arrêt : la chapelle de mon père. Je lui ai montré un tableau représentant deux prêtres au regard pensif, plume à la main.

— Nos modèles, ai-je ironisé. Je venais ici tous les matins avant l'école, moins souvent par la suite. J'aidais mon père de temps à autre.

La mémoire est comme l'eau. Elle coule peu importe ce qu'on fait pour l'en empêcher, elle finit toujours par trouver un petit trou pour s'écouler. L'adolescent qui lisait à l'ombre d'un arbre, le père qui le culpabilisait d'avoir abandonné l'église pour la médecine, les parties de foot, les amourettes d'été et les cachettes du jeune homme fuyant le monde dans la minuscule chambre de M. Toukan.

Catachrèse, catharsis.

Nous nous sommes baladés ensuite sur Balham High en allant vers le nord. J'écoutais Nour parler, notre reflet tantôt nous suivant dans les vitrines des commerces, tantôt fondant dans le décor intérieur – la vapeur opaque de la buanderie où je fais ma lessive, les chaises tournantes en cuir rouge du barbier de Hildreth Street Market, les gousses d'ail suspendues, les piments en bouquet et les bocaux remplis de fruits et de légumes qu'on n'aurait jamais imaginé mariner, comme les figues et les melons de la charcuterie Fat Delicatessen. Les commerces se succédaient, collés les uns aux autres, là où autrefois les moutons et les vaches paissaient l'herbe. En un clin d'œil, les fermes étaient parties, les usines apparues, les marchands et ouvriers s'étaient substitués aux fermiers.

— Avant l'électricité, avait expliqué Nour, les vendeurs de rue décoraient leurs kiosques avec des torches. Ceux qui pouvaient se l'offrir installaient des lampes à huile les unes par-dessus les autres tout autour de leurs vitrines. Des anneaux et des carrés de feu brillaient tout au long du boulevard, de sorte qu'on ne voyait plus rien à cause de la fumée. On ne sentait ni la nourriture ni la pourriture, l'odeur de l'huile enterrait tout, ce qui engendrait beaucoup d'incendies, souvent spectaculaires, dans le quartier.

À présent, sur Balham High, les boucheries biologiques et les épiceries fines côtoient les librairies indépendantes, les magasins à la mode et les cafés. Et les écoles accueillent des enfants cosmopolites, dont les parents, ingénieurs, professeurs, écrivains, médecins, banquiers, ont déjà fait le tour du monde.

— Allons par ici.

Nous avons emprunté l'une des ruelles qui débouchent sur Wandsworth Common, ce qui a fait le bonheur de Shams. Le soleil n'était pas encore couché, mais ses rayons givraient de mauve, d'orange et de rouge les lisières des nuages. Nous nous sommes arrêtés un instant sur le pont qui traverse le chemin de fer pour observer le crépuscule, alors que Shams batifolait d'un coin à l'autre.

— Il n'est pas là aujourd'hui.

— Qui?

— Charlie.

— Qui est-il?

— Un jeune homme doux, au cœur fragile. Il se tient souvent sur le pont, sauf quand le temps est mauvais. Il voit ce que les autres ne voient pas. S'il était en Palestine, on l'aurait désigné clairvoyant. Il sait qui nous sommes.

— Qui es-tu, Bennett?

La question de Nour m'a fait l'effet d'une gifle.

— Guerre, maladies, urgence... Mille histoires, mille vies. Tu t'entoures de souffrance. Tellement de souffrance. Pourquoi?

— Je croyais que tu le savais.

Elle m'a dévisagé.

— Qu'est-ce que tu cherches en Palestine?

— L'odeur du café... Et toi, Nour, qu'est-ce que tu cherches à Balham?

— La trace du papillon.

— Comme Darwich?

— Comme Darwich.

— *La trace du papillon est invisible.*

— *La trace du papillon ne s'efface pas.*

— Et le café?

— *Le café est un lieu. Le café est un philtre qui distille le dedans vers le dehors, qui unit ce qui ne saurait s'unir, sauf dans l'odeur du café.*

Tout à coup, un cri. Nour s'est mise à courir, relevant le cafetan pour prendre de plus grandes enjambées, son foulard glissant vers le bas, exposant sa chevelure. Shams pleurait au milieu du sentier longeant l'étang, la main plaquée sur son genou ensanglanté. Je l'ai porté vers la fontaine et j'ai nettoyé l'égratignure. Ce n'était rien de sérieux, mais la promenade était terminée. Une trentaine de minutes plus tard, nous étions revenus au boulevard de Balham High.

— Attends, Bennett. Je voudrais te montrer quelque chose, a dit Nour, soudain.

Elle m'a raconté l'histoire du Royal Duchess Theatre, un édifice grandiose couronné d'un immense dôme en cuivre. Son architecture inspirée de la Renaissance française et italienne l'avait rendu célèbre. Il avait été érigé à l'aube du XXe siècle comme monument à l'enrichissement de Balham. La salle vantait le premier orgue installé à l'intérieur d'un théâtre en Grande-Bretagne. Une immense fresque illustrant *Le songe d'une nuit d'été* de Shakespeare recouvrait le plafond. Le Royal Duchess Theatre devait donner à Balham ses lettres de noblesse.

— C'était ce qu'il y avait de plus près d'un château dans le quartier. Imagine un instant ce que ce théâtre représentait pour les habitants de Balham que l'on traitait de vulgaires et d'incultes.

— C'était où exactement ?

— Là où tu es en ce moment.

Nous étions rendus en haut de la butte qui marque la frontière avec le quartier de Clapham, à l'intersection de Balham High et de Nightingale Lane.

— Je ne le vois pas.

— C'est parce qu'il n'existe plus. Dans les années 60, il a été démoli et remplacé par un complexe d'appartements.

Nour a relevé la tête, le foulard dans le vent. Elle le tenait d'une main, pointant de l'autre les édifices rectangulaires sans balcons qui nous surplombaient.

— J'étais enfant...

— Tu vois, ici aussi les paysages disparaissent, comme la trace du papillon. Et pourtant, ils ne s'effacent pas.

— Comme l'odeur du café.

Catachrèse, catharsis. En effet.

Leila

Samedi, 7 novembre 2009

L'exil entoure l'exilé comme le fleuve la pirogue. Aussi faut-il témoigner pour arriver à bon port, jeter les ponts, et s'arrimer au quai. Témoigner pour redonner de l'élégance au geste maladroit, fabriquer des cordages à partir des racines flottantes. C'est ce que tu m'avais appris le jour où nous avions parlé pour la première fois.

Je t'observais déjà depuis plusieurs semaines, avec tes collègues, avec tes patients, pour un long reportage sur les effets du processus de paix sur les Palestiniens. Tu avais tout de suite compris pourquoi le sujet m'interpellait. J'étais venue te voir, après avoir entendu parler de ce médecin canadien qui travaillait depuis des années au pays. J'avais prévu un séjour d'un mois. Je suis restée six mois, et n'était ma date d'accouchement, je ne serais sans doute jamais retournée à Montréal. J'inventais des prétextes pour être en ta compagnie, errais dans les couloirs de la clinique en espérant te croiser. Ce jour-là, nous avions discuté paisiblement en tête à tête, pendant une heure. Telle ville, tel pays, tel séjour, les mots glissaient librement de nos bouches. Oui, je comprends pourquoi il est si bon médecin, m'étais-je dit. Avant de me laisser partir, tu m'as tenu le menton entre tes doigts, le caressant légèrement. J'ai savouré le souvenir de ce premier moment d'intimité pendant la longue attente au *checkpoint*. Rentrée à Jérusalem, je me suis installée à mon bureau et j'ai écrit.

◆

— Alors, est-ce que tu écris aussi?

Miranda me pose la question en m'offrant la tasse de thé. Je feuilletais l'un des livres de sa bibliothèque. Nous avons fait connaissance devant la cour de l'école au début de l'année scolaire. Elle vient déposer sa fille, Suzannah, la camarade de Shams à Belleville School. Chaque matin, un peu avant 9h, des rubans de garçons et de filles en bleu, blanc, gris et noir arrivent soit à bicyclette, soit à pied, les plus petits tenant la main de leurs parents. Après le départ des enfants, les mamans qui ne travaillent pas se dirigent vers le café Gail's pour poursuivre leur papotage en sirotant leur boisson bio à côté d'une tartine au quinoa et d'une marmelade d'un quelconque fruit exotique. J'évite les mamans de Belleville. L'enthousiasme avec lequel elles occupent leur rôle de mère m'agace. Moi, j'ai vécu des jours noirs après la naissance de Shams. J'étais en colère contre ce bébé qui ne me laissait pas tranquille, qui exigeait mes seins, mon sommeil, mon amour, mon attention. J'en voulais d'autant plus à son père de me désirer comme un enfant jaloux alors que je souffrais encore de ce qu'il m'avait fait, d'avoir semé cette nouvelle vie qui m'a tout volé, mon temps, mon repos, mon indépendance, mon corps.

Miranda n'était pas une *Yummy Mummy* comme les autres. Elle n'avait pas ce sourire satisfait qui criait : je suis belle, riche et la génitrice de la race humaine. Elle attendait la sonnerie de la cloche d'école dans un coin à part, comme moi, et partait dans la direction opposée des autres parents. Le jour où nous nous sommes parlé enfin, il pleuvait. Au lieu de courir, comme d'habitude, j'avais décidé de m'asseoir dans un café pour lire, m'assurant d'en choisir un qui serait trop petit pour les poussettes. Miranda avait remarqué le recueil de Darwich que j'avais en main et s'était présentée. J'ai découvert une femme sensible et talentueuse. Douée pour les langues, elle gagne sa vie avec la traduction d'ouvrages du français à l'anglais. Son premier roman a paru il y a trois ans, son deuxième, qui porte sur l'histoire d'une maison à Clapham, est en chantier. Elle m'a donné un coup de fil plus tôt ce matin et nous a invités, Shams et moi, pour le thé en après-midi.

— Si j'écris de la fiction, tu veux dire ? On dit entre nous, les journalistes, que la vérité a toujours une part de fiction. Et toi, comment va ton roman ?

Miranda soupire.

— Je suis bloquée. Il me faut plus de recherche pour donner de la chair à l'histoire de la maison et aux personnages. Je veux que ce soit crédible, mais plus je lis, moins j'écris!

— C'est drôle, je croyais que tout était permis pour les romanciers! Moi, j'ai toujours les mains nouées.

— Par la vérité?

Je ris.

— La vérité ment, Miranda. C'est la première chose qu'on apprend en réalisant des documentaires. Tu mets une date, un jour, le nom d'un lieu, l'âge et le métier d'un témoin, et tu penses, en fixant ces faits, saisir la vérité. C'est une illusion. Il y a des expériences dans la vie que seule une légende peut expliquer. La vérité nous fait passer à côté de tellement de choses... Il faut des romanciers comme toi pour nous sauver de sa tyrannie.

Miranda avale une gorgée de thé.

— Cette tyrannie dont tu parles, ça prend du courage pour la surmonter. Être romancier ne suffit pas, crois-moi. C'est tellement difficile de créer des personnages plus audacieux que nous, Leila, d'imaginer un destin pour eux qui serait différent de celui qu'on a envisagé pour nous-mêmes.

Le bruit de pas battant le rythme d'enfants excités résonne depuis le plafond.

— On dirait qu'ils s'amusent bien en haut!

— Suzannah adore Shams, renchérit Miranda.

Elle laisse de côté le thé et se dirige vers le poêle.

— J'espère que ton garçon aime bien les soupes.

Je l'avais oublié : l'*afternoon tea* n'est jamais que du thé.

— Qu'est-ce que je peux faire pour aider ?

— Rien du tout. La soupe est déjà préparée. Je n'ai qu'à la réchauffer !

La partie supérieure de son garde-manger qui fait la hauteur du mur n'a pas de rabats. Sur les trois rayons qui devraient être remplis de bocaux d'épices, de marinades ou de sauces tomates, elle a rangé des livres de recettes. Cuisine indienne, végétarienne, méditerranéenne ; recettes de gâteaux, de *cupcakes* et de salades ; ouvrages sur les plantes, les fleurs et les herbes, incluant un album en français avec un titre curieux : *L'herbier voyageur*.

— Ce livre est passionnant.

— Pourrais-je te l'emprunter ?

— Avec plaisir !

J'aurais voulu poursuivre la conversation sur son roman, mais une avalanche de rires déferlant dans l'escalier me coupe la parole. Suzannah et Shams sautillent autour du poêle. Nous nous installons pour manger, une appétissante soupe aux pistaches fumant au centre de la table.

◆

21 h. L'anis jette une dentelle d'ombres sur le bureau, des effluves aromatiques dansant dans la lumière. C'est la tisane des quatre semences chaudes dont j'ai tiré la recette du livre de Miranda. Ache, anis vert, carvi, fenouil. La boisson est censée éveiller les instincts, alimenter le feu passionnel qui couve au fond du bassin. Je laisse le mélange d'herbes mijoter sans allumer la hotte pour que l'odeur s'imprègne dans chaque recoin de l'appartement, et qu'il voyage encore plus loin à travers le salon, l'entrée et le couloir.

Pas un bruit, sauf mes doigts à l'ordinateur et les mots de Miranda qui résonnent encore. J'ai toujours cru qu'il n'y avait pas plus audacieux que la vérité, mais depuis quelque temps, les rêves me semblent plus vrais, les vies imaginaires plus honnêtes, les odeurs éphémères plus fidèles. Si jamais je révélais à Miranda ce qui me trotte dans la tête depuis le parfum, elle comprendrait. Documentariste, je suis simple témoin, observant le malheur des gens de loin, exilée derrière la caméra, dressant entre les autres et moi un écran. Ça ne suffit pas. La ville qui n'était que murs et remparts m'ouvre ses vannes d'histoire. Le courant est puissant. Qu'il m'emporte, je m'en fous !

Bennett

Vendredi, 6 novembre 2009

La soupe mijote. Verte et rugueuse. Je goûte. J'ai peut-être mis trop de gingembre. Et les pistaches ne sont pas assez broyées. Je les laisse telles quelles. Je sors les oranges et en presse deux que je verse dans le potage. Le vert perd de son éclat, mais gagne en arôme et en saveur. Lorsqu'elle m'a montré cette recette la première fois, j'ai cru que Nour me jouait un tour. Une soupe au bouillon d'orange, qui l'aurait cru ?

— C'est une recette iranienne. Très ancienne.

— Tu l'as héritée de qui ?

— D'un livre de recettes, de qui d'autre ?

Nour aimait me tendre des pièges du genre. Me renvoyer au visage mes réflexes de Blanc, ceux qui me portent à la replacer toujours dans un tableau de Delacroix, à faire de sa robe un cafetan, transformer son foulard en un châle de Schéhérazade. Toutes ces mauvaises habitudes dont je n'arrive pas à me défaire, peu importe le nombre de fois que je visite son pays.

Je déguste encore. Parfait.

Trois jours depuis la dernière livraison. Elle devait recevoir des provisions aujourd'hui, mais rien n'a été acheminé. Inquiet, j'ai frappé à la porte, mais les cinq minutes se sont écoulées sans réponse. Je me suis servi de mes privilèges de concierge et j'ai ouvert la porte. Le désordre régnait. L'appartement sentait la maladie.

Je l'ai appelée. Une vague a ondulé à travers le rideau qui entoure le lit, suivie d'une méchante toux. Je me suis précipité vers Nour. Seul le chevet qui débordait de médicaments et de mouchoirs sales était visible. J'ai jeté ce qu'il faut jeter et me suis rapproché.

— Nour...

Le lit a grincé, le matelas a vibré et enfin, enfin, a émergé sa main, pâle et frêle. Cette main... Cette main qui répandait autrefois le beau temps.

Cette main qui, d'un signe, brise l'azur et fait danser des chevaux sur le nahawand... *Une main qui verse l'éclair dans la tasse de thé... qui presse les mots et ils suintent d'eau.*

Je la vois encore, sa main fine, comme si c'était hier, lors des petits soupers impromptus auxquels elle m'invitait dès qu'elle avait vent de mon retour du pays. Elle me tendait la soupe en m'ordonnant de prendre une autre cuillerée et ne la retirait pas tant que je ne m'étais pas servi de nouveau. Nous étions à peine attablés que déboulaient aussitôt les questions. Un flot incessant d'interrogations et d'exclamations lorsque je lui annonçais le mariage d'une telle et la maladie d'un tel. Elle prenait soin d'éviter les questions difficiles tant que Shams n'avait pas fini de manger, tournait autour du pot comme un animal affamé épiant un os. J'ai appris à lire dans son regard le moment approprié pour évoquer les sujets douloureux.

Rasha, Jinane, Dina, Sawsan, les unes colonisées à Ramallah, les autres séquestrées à Gaza. Sans oser l'avouer, Nour me demandait des yeux les nouvelles de celles qu'elle avait laissées derrière elle. Celles pour qui le mur était trop haut et le sort trop cruel. Des femmes aguerries, les allers-retours à travers les brèches du mur cartographiés sur leurs mollets.

Jinane y allait pour revoir son mari ouvrier, Mustapha, bloqué derrière le *checkpoint* depuis des années. Elle lui apportait les nouvelles des enfants et le dîner dans une boîte en plastique qu'elle lui passait par un trou. Ils riaient parfois de l'absurdité de la chose. Séparés par un petit papier jaune. Permis de ceci, permis de cela. Résident ici, réfugié là. Entre eux, Jinane et Mustapha jonglaient avec assez de cartes d'identité pour peupler un pays entier, mais aucune ne convenait. Un jour, l'un ou l'autre a manqué au rendez-vous. Couvre-feu inattendu, enfant malade, heures d'ouvrage prolongées. Mustapha a appris à faire sa propre cuisine, Jinane s'est permis de se coucher de l'autre côté du lit, les enfants ne demandaient plus quand leur papa allait revenir. Les réunions au mur se sont faites moins fréquentes, les comptes rendus succincts. Éventuellement, la brèche a été découverte. Le bulldozeur est venu durant la nuit, flanqué d'un camion basculant le ciment. Lorsqu'ils se sont retrouvés au lendemain face au béton durci, Jinane et Mustapha s'en sont retournés, chacun de son côté, avec un soupir résigné. *El hamdullah*, se sont-ils dit. Remercions Dieu. Nous sommes au moins vivants.

— Ce sont eux qui s'en sortent le mieux, avait constaté Khaled la soirée où j'ai raconté l'histoire de Jinane et Mustapha.

Il avait raison. Leur drame est romantique, leurs gestes héroïques. L'histoire est riche, l'intrigue imagée. Elle est diffusée en boucle sur les ondes d'Al-Jazeera et dans les documentaires de la BBC. Des spectateurs glués à leur écran sauront leurs noms. Derrière Jinane et Mustapha, restent pourtant tous les autres. Les Hisham, Saïd, Qussaï...

Hisham avait fièrement laissé tomber son prénom le jour de la naissance de son fils et annoncé à qui voulait l'entendre :

— Ne m'appelez plus Hisham. Appelez-moi Abu Salam, le père de Salam !

Il ravalait ses larmes chaque fois que sa femme traversait la frontière pour faire le ménage chez la bourgeoise israélienne. Saïd, verrier de père en fils, s'était marié à 20 ans à la belle Rasha. Ils venaient à peine de meubler leur appartement au-dessus de la fabrique lorsqu'une bombe leur est tombée sur la tête. Saïd, sur le trottoir, a guetté le vide, un café froid dans la main.

Rien de plus dangereux qu'un homme inutile, blessé dans sa dignité. Certains finissent sur le chantier du mur, construisant leur propre prison, d'autres se font exploser. Mais bon nombre rentrent à la maison, l'âme rongée. Abu Salam se défoule sur la mère de Salam, Im Salam ; Im Salam gifle son fils, Salam ; Salam se donne une barbe et ordonne à sa sœur, Rasha, de se couvrir la tête. Pour se sauver de l'ambiance étouffante à la maison, Rasha épouse Saïd, le gentil fils du verrier. Le verre vole en éclats. Quelques années plus tard, Rasha perd aussi son prénom. Elle devient la mère de Qussaï, Im Qussaï. Im Qussaï est arrivée un jour à l'hôpital la paupière mauve, tenant la main de son fils, dont les lèvres étaient aussi enflées.

La dernière fois que je l'ai examiné, Qussaï avait à peine 9 ans, le même âge que Shams. Shams restera toujours Shams, alors que Qussaï grandira. Adolescent, il aura tellement vu de bombes s'écraser autour de lui que son corps se mettra à les imiter. Combien de garçons ai-je croisés dans les rues de Gaza, le visage criblé d'abcès ? Défigurés. Intouchables. Les caresses de leur mère leur font plus mal que les gifles. Ils brisent les miroirs, jusqu'au jour où les cratères qui ont troué leurs joues leur deviennent familiers, attachants, plus fidèles que les baisers auxquels ils rêvassaient lorsqu'ils croyaient encore à l'amour, plus fiables que les amis devenus collaborateurs pour nourrir la famille. Qussaï portera un jour la laideur comme un badge d'honneur et éjaculera sa colère dans la pénombre d'une chambre souterraine.

Je les ai vues. Avant, pendant, après. Rasha, Dina, Sawsan allaient à l'école, le cartable au dos, le foulard soigneusement repassé. Dina a déniché un mari en exil, Rasha s'est résignée à sa vie avec Saïd. Puis il y a celle dont on ne prononce plus le nom. Celle qui fait craquer des lits rouillés. Elle avale entre ses jambes les gémissements des Qussaï intoxiqués aux visages ravagés par l'acné. Les belles filles se marient jeunes en priant pour que leurs époux les sauvent de la misère, les filles intelligentes étudient en espérant qu'avec leur diplôme elles franchiront les frontières et bâtiront un avenir ailleurs, les vieilles filles s'occupent de leurs parents et d'hommes malades de leur impuissance face aux barrières, tout en rêvant la nuit d'une autre vie.

Jeune, Nour n'était pas assez belle pour se marier, mais elle l'était trop pour soulager des hommes dévastés, et surtout pour dépérir à la barrière. À 18 ans, elle a fabriqué un navire grâce à ses livres. Dès son arrivée à Londres, Khaled a demandé sa main en mariage, pensant venir au secours d'une cousine vulnérable. Il a découvert une femme pleine d'ambitions. Khaled a attendu dix ans avant que la belle cousine de Jabaliya, devenue muséologue, n'accepte enfin de partager sa vie, et six ans de plus pour la naissance de Shams. Nour croyait avoir échappé au destin de ses amies. Rescapée du malheur, l'ombre du malheur l'a pourchassée jusqu'ici.

◆

Je lui ai tenu la main. La maigreur de ses doigts m'a effrayé.

— Il faut que tu manges. Je reviens avec les courses.

Je suis allé au Sainsbury's, la seule épicerie ouverte tard le soir. J'ai livré assez de ses commissions pour savoir quels aliments acheter. J'ai ajouté quelques ingrédients pour préparer la soupe aux pistaches, source de protéine, de chaleur et, avec le gingembre et l'orange, l'antidote parfait à la bronchite.

La soupe est maintenant prête. Je verse une portion dans un bol et le lui tends.

Dix fois la cuillère cliquette. Dix fois je l'entends souffler et dix fois avaler. Lentement, péniblement, mais elle le fait.

Le bol réapparaît, quinze minutes plus tard, seulement à moitié vide.

— Ce n'est pas assez, dis-je.

Il reste là, dans sa main, en attendant que je le lui reprenne.

Leila

Dimanche, 8 novembre 2009

— «Dans son jardin de Tri-a-non, la reine Marie-An-toi-nette pouvait admirer un badia...»

— Un badianier. Plus fort, *habeebi*, pour que je puisse t'entendre.

— «Un des plus jolis arbres qu'on puisse cul-ti-ver pour l'or-ne-ment de nos jardins. Il plaît autant par son feu...»

— Feuillage.

— «... feuillage qui approche celui de l'o-ran-ger, que par la beauté de ses fleurs. Ces fleurs, blanches, en-gen-drent des fruits en forme d'étoile, dont le parfum et la saveur sont tout à fait com-pa-ra-bles à ceux de l'ani...»

— Ani-*s*. Le *s* n'est pas muet ici, chéri.

— «Ani-*s* vert. D'où leur nom, anis étoilé.»

Petite pause.

— Ton français s'est beaucoup amélioré! Bientôt tu le liras aussi bien que l'anglais. Continue, je t'écoute!

— «Anis étoilé, reprend Shams, fruit du fir-ma...»

— Firmament ? Ah, c'est beau ça.

— C'est le titre. Qu'est-ce que ça veut dire ?

— Le firmament, hmm... C'est le ciel, l'horizon du ciel et des étoiles.

— Firmament..., répète Shams, rêveur.

Il laisse le lourd album de *L'herbier voyageur* sur le canapé et s'approche de la poêle pour jeter un coup d'œil aux poissons. Puisqu'on est dimanche, nous les avons achetés au Sainsbury's, les commerçants de Hildreth Street Market ayant déjà fermé pour la journée. Sainsbury's est le genre de supermarché qui offre tout et rien. Deux ou trois tiges de menthe efficacement conservées dans des petits sachets au lieu des bouquets frais aux feuilles tachées de terre qui débordent des étalages dans la rue ; de l'anis en graines, moulu ou asséché, mais nulle part les jolies ombelles en pot que j'ai découvertes au seuil de ma porte ; de l'aneth lavé et asséché, s'effritant par-dessus des salades déjà coupées qu'il suffit de libérer de leur boîte en plastique. Mais bon. À cette heure de la soirée, il ne faut pas trop en demander. Une semaine a déjà passé sans signe du parfum. Il n'était pas question d'attendre le lendemain. Heureusement, le poissonnier libanais n'avait pas terminé son quart de travail.

— Du poisson, mademoiselle ?

Il insiste pour m'appeler ainsi bien qu'il m'ait vue à plusieurs reprises accompagnée de Shams.

J'aime entendre ce « mademoiselle » qui me renvoie à un autre pays, à une autre époque, là où le mot est élégant et reçu avec un sourire, petit clin d'œil entre une femme et un homme. « Mademoiselle » pour lui dire qu'elle est belle. Enfant, pas d'enfant, avec ou sans alliance au doigt. Au diable la rectitude ! Que « madame » soit maudit ! Je ne lui ai jamais demandé son nom, au poissonnier libanais. Il est l'une de ces personnes dont la douceur du regard approfondit la finesse des traits. Entre nous, un rapport chaleureux s'est vite établi que le trafic de prénoms risquait de perturber. Alors nous avons convenu de simplement nous appeler « monsieur » et « mademoiselle ».

J'achète rarement du poisson chez Sainsbury's. Il a une non-odeur propre au poisson trop bien conservé, celle de la glace et de la température fixée au même degré, entièrement indifférente aux aléas du climat, ou à l'humeur des courants et des marées. J'y vais seulement en dernier recours. N'empêche que je m'arrête souvent pour le simple plaisir d'échanger quelques mots en arabe avec le poissonnier. Aujourd'hui, il lui restait un trio de truites.

— Elles sont bonnes.

— D'accord, je les prends.

— Savez-vous comment les cuire ?

— Oui. En tout cas, je crois. J'en ai préparé avec de l'aneth, mais je n'ai pas eu le résultat que je cherchais.

— Et puis-je vous demander ce que vous cherchiez ?

Il est doté d'un savoir-vivre et d'une politesse que seule une mère qui a bien éduqué ses enfants aurait pu cultiver. Si jamais je l'interrogeais sur sa véritable profession, il m'énumérerait les trois ou quatre langues qu'il parle et autant de diplômes.

— Je cherche une odeur.

— Hmm... Avec le poisson, l'aneth va bien en effet, mais l'aneth est trompeur. Ma mère, qui était botaniste, l'appelait le «faux anis». Il vous faudrait plutôt de la badiane.

— La quoi ?

— De l'anis étoilé. Ça vient du perse.

— Ça alors, vous connaissez bien vos herbes !

— Non, je connais bien le jardin de ma mère.

— Alors, est-ce qu'elle vous aurait appris aussi une bonne marinade à l'anis pour mes truites, par hasard ?

— Faites revenir vite, vite le poisson avec du beurre, de l'huile d'olive et une pincée de sel et de poivre. Sur un feu vif, d'accord ? Pour bien griller la peau. Ajoutez des brins d'anis, de ciboulette et de fenouil, et arrosez le tout avec un peu de vin blanc. Couvrez et laissez cuire doucement cinq à dix minutes, au plus. Et voilà. Succulent !

— Merci !

J'étais déjà à la caisse quand je me suis souvenue du fondu de chocolat que j'avais aromatisé à la menthe.

— Monsieur, monsieur !

Il venait d'enlever son tablier.

— L'aneth est trompeur, vous dites. Et la menthe ? Que disait votre mère de la menthe ?

— Qu'elle était mélancolique.

◆

— Mmm... ça sent bon ! s'exclame Shams en humant la vapeur qui s'échappe du couvercle.

Le gargouillement s'intensifie. Je monte le feu encore plus fort, laissant les arômes se promener librement dans l'appartement, à travers la porte, jusqu'au couloir à l'étage.

— C'est l'odeur du firmament.

Et celle des écailles d'argent luisant dans le ciel du petit matin.

Je prépare une salade verte à côté. De la roquette, des graines de tournesol grillées et une vinaigrette comme tu aimais les faire, en mélangeant les huiles, épices et herbes à portée de main. Je découpe le poisson de Shams et le dépouille des arêtes. Sans doute m'aurais-tu conseillé de le laisser se débrouiller par lui-même, mais j'aime bien ces moments, les doigts imprégnés de la chair et de l'odeur du poisson, le libérant de ses os sous le regard fasciné de Shams.

Il y a un poisson de trop, comme d'habitude. Il y en a toujours un de trop, pour le visiteur inopiné ou pour l'homme attendu. Combien de fois t'ai-je attendu, bien que je savais que tu allais arriver en retard, souvent très en retard. Je m'assurais d'être toujours là à l'heure, de commander ton assiette lorsque nous nous donnions rendez-vous au restaurant, ou de préparer le café à la maison, en espérant entendre sonner à la porte avant qu'il ne refroidisse. Parfois, j'attendais des mois. J'étais jalouse de ton agenda, ce détestable cahier dont le cuir usé n'en finissait plus de se remplir de tout sauf de temps pour nous, qui t'envoyait aux quatre coins du monde, jamais à notre recoin à nous. Tu me ramenais un petit quelque chose pour me consoler. Une offrande repêchée le long des chemins qui t'ont éloigné.

Je verse la sauce à l'anis sur le poisson demeuré intact et le recouvre de plastique auto-collant. En lui arrangeant un espace dans le réfrigérateur, me tombe sous la main un bouquet de menthe. Du garde-manger, je sors un bocal vide, le remplis d'une poignée de terre récupérée du pot d'anis. Je plante deux ou trois branches de menthe, m'assurant de bien les arroser par la suite.

— Qu'est-ce que tu fais, Maman? me demande Shams depuis la table, son assiette à moitié vide.

— C'est un cadeau.

— Pour qui?

— Je ne sais pas encore.

— Il faut une carte aussi.

— Oui, tu as raison.

20 h. Les paupières de Shams sont alourdies de sommeil. Je reprends *L'herbier voyageur*. Nous nous blottissons l'un contre l'autre et je lui lis le chapitre sur Mintha, la nymphe qui avait eu la malchance de tomber amoureuse de Hadès, le roi des Enfers. Verte de jalousie, Perséphone, son épouse, avec la complicité de sa mère, Déméter, l'a transformée en une plante stérile. Mais l'amour est éternel et Hadès était toujours épris de la belle Mintha. Il a doté la plante maudite, geste de tendresse et de regret, d'une fragrance aussi ensorcelante et irrésistible que l'était sa nymphe bien-aimée.

— Suzannah sent bon aussi, Maman. Elle sent aussi bon que Mintha.

Je serre mon garçon fort dans mes bras. Avant de me coucher, je dépose la menthe dans le couloir, parée d'un ruban blanc auquel est attachée une inscription à la main du mythe de Mintha. Je m'endors, bercée par le parfum des herbes.

◆

Lundi matin, 5 h 20. Fidèle au sifflet du train, le livre bascule par terre. Le matin file, la routine m'entraînant sans résistance dans son rythme. Pourtant, là, au fond de ma pensée, l'émotion remue. Le pot sera-t-il encore au seuil de la porte d'en face lorsque Shams et moi prendrons le chemin de l'école ?

Je prépare la boîte à lunch, mes mains s'appliquant sans trop d'effort à trancher le pain et garnir la dinde de salade. Shams est assez autonome pour s'habiller et ranger tout seul ce dont il a besoin pour la journée. Je n'ai qu'à enfiler mon costume et mes chaussures pour la course, mais le cœur n'y est pas. Un seul désir m'habite : un signe, un message, n'importe quoi pour m'assurer que je n'ai pas tout imaginé.

Nous mettons nos manteaux pour partir quand j'entends sonner. Mon cœur fait un saut. Je ne bouge pas.

— Maman, il y a quelqu'un à la porte, me rappelle Shams, déjà habillé et prêt pour affronter la pluie de Londres.

— Oui, chéri. Laisse-moi voir d'abord qui c'est.

Avant que j'aie eu le temps de vérifier par le judas, une clé s'insère dans la serrure. Une main tourne la poignée, poussant la porte. La silhouette anéantit tout ce qui existe derrière elle.

Les yeux rivés sur lui, écarquillés de surprise et de joie, Shams s'écrie :

— Papa !

Bennett

Lundi, 9 novembre 2009

C'est le matin. J'ai brisé la routine. Puisqu'elle est malade, je n'attends plus le soir pour monter chez Nour. Un cahier est ouvert sur le comptoir de la cuisine. J'y jette un coup d'œil. C'est le carnet de recettes qu'elle m'avait offert en 1998, l'année où nous nous sommes rencontrés. À cette époque, nous ne nous connaissions pas beaucoup, mais elle savait déjà de quel pays je revenais trois fois par année. Elle savait que je parlais sa langue et que j'ai marché sur la plage de son enfance. Sans doute comprenait-elle aussi que par mes séjours là-bas, je cherchais à me racheter, comme d'autres avant moi l'ont fait. J'ai été, à la place, veillé par tant de femmes qu'elles ont fini par me sauver.

— Nous prendrons soin de toi.

Je me demande parfois si elles s'occupaient de moi par pitié. Si, en renversant nos rôles de médecin et de patiente, elles ne voulaient pas plutôt se venger du destin qu'on leur a assigné. Dans les confins des tunnels, Im Salam me cuisinait le *mjaddarah*, lentilles couchées dans un nid de riz. Rasha me répétait les noms des fruits. Sawsan me révélait le secret des fleurs.

— La fleur d'oranger appartient aux vierges, elle pare les gâteaux des noces en symbole de pureté.

— Et le jasmin ?

— Les filles l'épinglent là où elles souhaitent être embrassées.

Sawsan est morte dans les tunnels d'avoir été trop embrassée par des hommes abîmés.

Lorsque je relatais au couple les nouvelles déprimantes du pays, Khaled dodelinait de la tête tristement, alors que Nour se levait, se dirigeait vers la bibliothèque et me prêtait l'un de ses recueils de poésie. Darwich, Qabbani, Al-Sayyab... Des poètes simples. Elle aimait désigner ses préférés de cette façon. Lorsque je décrivais la laideur et la destruction, elle me demandait :

— As-tu déjà essayé de décrire les fleurs d'amandier ? *Transparentes comme un rire aquatique, elles perlent de la pudeur de la rosée sur les branches... Légères, telle une phrase blanche mélodieuse... Fragiles, telle une pensée fugace ouverte sur nos doigts. Ni patrie ni exil que les mots, mais passion du blanc pour la description des fleurs d'amandier.*

Elle récitait les mots de Darwich, respiration, et de son souffle les pétales des fleurs voletaient, étanches à l'horreur. Cette habitude me plaisait. Elle me rappelait les femmes du pays qui plantaient leurs sourires sur les plaies. Entre Nour et moi, le sourire épousait la forme des livres. Ils nous menaient sur un autre terrain loin de nos attaches, à un lieu qui nous appartenait. Je dévorais tout ce qu'elle m'offrait, me faisais le complice du monde qu'elle avait inventé, pour elle, pour Shams, pour les amies d'enfance abandonnées. Au fil des années, j'ai cru que nous avions franchi des ponts là où d'autres avant nous avaient échoué.

Avril 2008. Cela m'a pris dix ans avant que je n'ose lui proposer, à mon tour, de la poésie. C'était un recueil des poèmes de Réna. Elle y avait rassemblé le lot de ses expériences de militante et sa rage contre ce dont elle avait été témoin au pays. Je pensais que le geste plairait à Nour. Peut-être se retrouverait-elle dans le récit de ma collègue, surtout que je lui avais beaucoup parlé de Réna, de ses dilemmes d'Anglo-Palestinienne et de son don pour l'écriture. Je me demande à présent si j'étais à ce point naïf ou tout simplement aveuglé. Notre maladie, nous qui faisons de la guérison une profession, c'est que nous finissons par croire à nos propres discours. Nour ne m'est pas revenue sur le poème. Et pendant des semaines, je n'ai pas osé solliciter son opinion. À vrai dire, je l'aimais et j'avais de moins en moins le courage d'aller frapper à sa porte de crainte que son mari n'ouvre et découvre mon secret rien qu'en me dévisageant. Au bout d'un mois, je n'en pouvais plus. Je connaissais son agenda par cœur. 8 h 30, elle amenait Shams à l'école. 9 h 30, elle revenait. Les lundis et les mercredis, elle allait aux archives nationales. Le reste de la semaine, elle lisait et écrivait. On était mercredi. Je savais qu'elle allait repartir à 10 h pour éviter la foule du matin au métro et qu'elle ne rentrerait pas avant 19 h avec Shams qui, les mercredis, suivait des cours de natation. C'était ma dernière chance de la voir avant mon départ pour la prochaine mission en Palestine. Je m'étais arrangé pour la croiser devant l'ascenseur.

Ce jour-là, Nour portait un pantalon-jupe vert olive retenu par une ceinture en tissu doré qu'elle avait nouée autour de sa taille. Sa chemise beige qui débordait par-dessus la ceinture accentuait sa silhouette en sablier. Il faisait beau. C'était peut-être le printemps qui l'avait incitée à délaisser ses cafetans pour une journée et à essayer une nouvelle façon de porter son foulard. Elle l'avait attaché derrière la nuque au lieu de s'en enrober le visage, exposant pour la première fois son cou. Je n'arrivais pas à m'en détacher les yeux. Je ne souhaitais qu'écarter le col de la chemise et retracer du bout des doigts la plongée de ses clavicules depuis ses épaules, à la naissance de sa gorge. Sentir son cœur battre, là où la peau mince s'étend et se détend au rythme du souffle. Compter ses rebondissements à chaque éclat de rire.

◆

J'entends tout à coup un bruit. Le pare-feu a claqué. Je sors. Personne dans le corridor, sauf pour un parfum familier. Il me guide vers les escaliers, me dit de descendre. M'attend au deuxième étage le parfum de la menthe. Il émane d'un bocal laissé au milieu du couloir devant l'appartement 11. Je fixe le judas. L'aurait-elle oublié, la dame qui court ? Je m'apprête à frapper à la porte quand l'ascenseur s'ouvre. Son mari se pointe, tirant une valise.

— Bonjour.

— Bonjour.

Je m'approche pour lui donner la plante, mais la menthe me retient. Son odeur se glisse en moi, me chuchote un secret : Je ne suis pas faite pour lui, elle n'est pas faite pour lui. Monte, monte, elle t'attend. De retour chez Nour, je découvre une théière sur le feu. J'y plonge la menthe. L'odeur se répand dans l'appartement, comme une bouffée de printemps en plein hiver. Je vois par la fenêtre de la cuisine les nuages lambiner. Du coup, ils se mettent à reculer, le matin retourne à l'aube, l'aube à la nuit, la nuit à l'après-midi, le temps se rembobinant de plus en plus vite, des jours aux semaines, aux mois, jusqu'à ce matin printanier d'avril 2008. L'odeur de la menthe s'accroche aux habits de Nour.

J'espérais ce jour-là que nous parlerions du recueil de Réna autour d'un thé. Nour avait pris le goût des herbes infusées. Elle m'a invité à l'accompagner pour me rendre le livre. J'ai attendu au seuil de la porte. Elle est sortie dix minutes plus tard, le visage rafraîchi, les poèmes en main et le portable à l'épaule, prête pour sa journée de travail aux archives.

— Et tes impressions ? lui ai-je demandé, m'efforçant de ne pas trahir ma déception.

Je l'ai suivie dans l'ascenseur, marchant avec elle vers la station. Si elle était étonnée, elle n'a rien fait pour m'en décourager.

— Je sympathise. Ta collègue cherche les mots pour dire l'indicible.

— Les a-t-elle trouvés, à ton avis ?

— L'indicible est justement cela, Bennett : il est indicible.

— Je ne comprends pas.

Elle a hésité un moment, contemplant les étudiants qui suivaient leur leçon d'éducation physique dans la cour de l'école de l'autre côté de la rue. À cette époque, la cour donnait encore sur Boundaries Road. Le week-end, des équipes de quartier y jouaient des parties de foot. Les gens qui traînaient les lourds sacs d'épicerie du Sainsbury's en profitaient le temps de voir l'un des joueurs marquer un but. Le terrain n'est plus visible depuis que la municipalité a érigé un rempart en brique. Par mesure de sécurité, dit-on.

— Parfois, face à l'indicible, mieux vaut laisser faire. Regarder ailleurs. Prendre un vieux livre et le restaurer. Catachrèse...

— Catharsis, je sais.

C'est possible qu'en se moquant un peu d'elle-même et de ses fuites dans les textes anciens, elle espérait aussi clore la discussion sur une note légère, mais je ne voulais pas laisser tomber le sujet.

— Je ne crois pas que ce soit ce que tu penses vraiment.

Son expression a changé. Sous le viaduc du train, son visage s'est obscurci. Ce n'est qu'après avoir émergé de l'ombre que Nour a parlé.

— Pardonne-moi, Bennett, mais je suis fatiguée des témoins aux bonnes intentions qui reproduisent l'horreur au nom du témoignage.

— Réna cherchait les mots justes !

— La poésie n'a jamais été le lieu des mots justes. As-tu oublié ce que catachrèse veut dire ? La plus belle poésie est celle qui passe à côté de tout cela. Lorsqu'elle se bute contre l'abject, la poésie crée un autre réel tout simplement. Elle change de vocabulaire.

Nous étions déjà arrivés à la station de Balham. Nour m'a caressé furtivement l'épaule gauche et a disparu dans les escaliers. Je suis resté là, confus. Elle me parlait de vocabulaire et de poésie alors que j'allais passer trois mois, bien réels, bien concrets, de ma vie à soigner ses compatriotes au pays. Elle reprochait à Réna son désir de dire les choses telles qu'elles étaient. Cependant, elle refusait de faire face à la vérité. Elle préférait de loin réinventer l'histoire de sa vie, comme celle de son pays, que d'entendre quelqu'un la lui raconter dans ses détails morbides. Dès que le récit pourrissait, Nour prenait un autre livre, et lorsque le fiel contaminait le reste, elle changeait de bibliothèque comme d'autres de pays. De quel droit me recrachait-elle au visage la sincérité de Réna ? Je lui en voulais de préférer mentir, à elle-même, à son fils, de se cacher dans les lieux et les temps perdus de ses poèmes et de ses sacro-saints albums, de rester si loin, si inaccessible, pendant que mon membre durcissait rien qu'à l'idée de lui effleurer le cou. J'ai quitté la ville le lendemain sans mot dire.

◆

La théière siffle, son cri aigu me projetant contre le temps. Me voilà dans cet appartement sombre en ce matin pluvieux, face à la fenêtre. Les nuages sont revenus. La menthe a confié sa couleur à l'eau. Elle gît, sombre et fanée au fond de la théière, son odeur planant autour de moi comme un fantôme. Je retire l'eau du feu et ajoute plusieurs cuillères de sucre, à la manière arabe. Je verse une tasse pour moi que je garde sur le comptoir de la cuisine et place la sienne au chevet du lit. Je me retire tout de suite et me mets à feuilleter le cahier de recettes. Nour cuisine. Je le sais par les fragrances qui flottent dans les couloirs pendant la nuit. De temps à autre, je m'arrête pour siroter le thé, les yeux fixés sur le rideau. Soudain, alors que je suis occupé à lire une recette, j'entends la tasse se cogner contre la soucoupe. Je me retourne, mais il est déjà trop tard. Le thé a déjà disparu derrière le rideau.

Leila

Jeudi, 12 novembre 2009

— Détends-toi, mon corps.
— Impossible.
— Bois.
— Je n'ai pas soif.
— Réponds.
— Je n'en ai pas le cœur.

Je le secoue.

— Bouge! Sens! Ouvre-toi! Aide-moi un peu!
— Je n'y peux rien.
— Ça sera pas long. Je te le promets.
— C'est déjà trop long.

Je ferme les yeux.

— Ma volonté ou la tienne!
— Ma volonté est la tienne.
— Et le rejet?

— Le tien aussi. Je ne suis qu'un objet. L'objet de ton rejet, l'objet de son désir.

— Et le dégoût ? Épargne-moi au moins le dégoût.

— Désolé. Je n'y peux rien. Ça ne sera pas long, as-tu dit ?

— Je t'en prie...

— Tu me pries ? Je ne suis que la chair et l'os de ta résistance passive et tes révoltes inachevées !

— Je n'en peux plus !

— Moi non plus. Voilà, c'est terminé.

◆

Samer s'affale sur moi, épuisé par l'élan de l'orgasme. Je me détourne, fixant l'horloge qui indique 10h, pour éviter de capter notre reflet dans le miroir de la garde-robe.

— À quoi tu penses ?

À ce corps récalcitrant écrasé sous ton poids.

— À rien.

Il se détache de moi, plaquant un baiser rapide sur mon sein avant de quitter le lit. J'attends le claquement de la porte de la salle de bain avant de me lever à mon tour. Je vais à l'autre salle de bain, dans la chambre de Shams. S'il me surprenait me promenant nue dans la maison, il protesterait, bien qu'il soit impossible pour quiconque de nous voir.

— C'est une question de principe, explique-t-il lorsque je lui fais remarquer ce petit fait.

Nous pourrions avoir de longues conversations sur ce mystérieux principe de se couvrir le corps dans l'intimité de la maison, mais comme pour tout sujet le moindrement sensible, nous avons conclu un pacte de silence. Ce n'est pas le genre de trêve tendue et hostile, ni même de l'indifférence. Samer et moi avons fait du silence une alliance, un nœud, une autre forme d'amour qui permet à chacun de garder son bout du fil, le laissant traîner, libre ou négligé, ou l'attachant à d'autres passions, d'autres amours, d'autres êtres. Pour lui, c'est le bricolage à la maison quand il ne travaille pas sur l'une de ses formules mathématiques, ou se penche sur un défaut dans le design d'une pièce mécanique. Quelque part, là haut, l'un de ses appareils flotte dans l'espace, engrangé parmi les écrous et boulons de la station spatiale. Elles sont souvent petites, quasiment invisibles, ses contributions à l'ingénierie astrophysique, et ne sont utiles et significatives que dans la mesure où elles sont logées parmi mille autres inventions. Il ne connaît pas l'angoisse de signer seul son œuvre. En autant que son idée permet de faire avancer le reste du projet et que sa pièce produit l'effet désiré, Samer est bien heureux de n'être qu'un nom parmi des dizaines d'autres listés sur le site de tel laboratoire, telle équipe ou tel projet.

J'ai toujours admiré cet aspect de sa personnalité, cette intelligence pratique qui ne cherche qu'à être égale à elle-même. Ce bonheur désarmant de voir une chose fonctionner après plusieurs essais, le plaisir qu'il puise dans le rétablissement de la connexion Internet ou de la mise à jour de mon dinosaure d'ordinateur. C'est ce sens pratique qui m'avait attirée au moment où je me noyais dans un maelström d'émotions et de désillusions. Face à la tempête permanente que j'étais à 22 ans, il était calme, solide, inébranlable, l'incarnation humaine de la paix perpétuelle de Kant. Mes débordements hyperboliques s'aplatissaient face à l'implacabilité de son pragmatisme. Je l'ai épousé afin de dévisager la réalité, sortir de mon cadre, de ma façon d'emmagasiner la réalité dans mon imaginaire, comme si elle avait été faite à ma mesure. Lui m'a soignée, m'a débarrassée de mes excès, jusqu'au jour où j'ai compris que son réalisme m'était tout aussi fatal.

Il l'avait dit en blague, mais cela n'a fait qu'attiser la violence de ses mots. Nous étions dans la voiture et nous écoutions une chaîne de musique classique à la radio.

— Je vais te tester, Leila, a-t-il déclaré soudain.

— Me tester ?

— Oui, tu as étudié la musique classique, n'est-ce pas ?

— Dans une autre vie, oui.

— Voyons alors.

Au feu rouge, il a branché son iPod au système de son de la voiture et s'est mis à sauter d'une plage à l'autre.

— Moi, je choisis une pièce au hasard et toi, tu me nommes son titre et compositeur, a-t-il lancé, l'appareil dans une main, l'autre tenant le volant.

— Je n'aime pas ce jeu.

— Allons, pour le plaisir.

Il en a choisi une que je n'ai pas reconnue, et une autre, encore une autre.

— Mais qu'est-ce qu'on t'a appris au conservatoire!

— La musique, c'est comme les livres. Pour chaque roman qu'on lit, mille autres qu'on ne découvrira jamais, ai-je expliqué.

— Ce n'est pas une excuse. On continue.

Je voulais tout sauf écouter un autre début harmonisé ou un solo quelconque.

— Tu n'essaies même pas!, a-t-il grondé, après avoir repéré une autre série d'œuvres dont je n'avais pas la moindre idée du titre.

Voyant qu'il ne lâchait pas, je me suis armée de tout ce que je possédais de réflexes et d'instinct. J'ai cessé de chercher le titre des œuvres et me suis replacée devant le piano, durant mes années de collégienne, bien avant que le métier de journaliste ne me soit passé par la tête. J'interprétais la musique qui me parlait, celle qui révélait mes secrets. Quand le bruit autour de moi m'agressait, bruit plaintif des gens malheureux, bruit irritant d'une ville névrosée, bruit sourd des attentes et des déceptions, je me réfugiais chez

Beethoven, ou Schubert, ou Chopin, ou Debussy, ou encore chez le vieux Liszt, durant sa période méditative. Je connaissais Chopin, sa personnalité, sa couleur, et la manière dont il exprimait ses peines. Plus que le thème de telle œuvre ou l'opus de telle sonate, je reconnaissais ses ornementations préférées tel un accent ou un dialecte, je déchiffrais les missives qu'il envoyait à Georges Sand à travers les enchaînements et les modulations fétiches, devinais la souffrance de sa tuberculose aux passages mélancoliques qui transformaient les valses en nocturnes, et sa colère, aux rafales qui emportaient les ballades. Piégée par Samer dans la voiture, j'ai fait appel à l'âme derrière la musique.

— Ça, c'est du Beethoven, ai-je risqué en entendant un arpège brisé d'un accord de septième mineur.

— Correct.

— Ça, c'est ou bien du Ravel, ou bien du Debussy, mais je parie sur Ravel.

— C'est bon. Comment l'as-tu su ?

— Je ne sais pas... Debussy est plus naïf.

— C'est pas une réponse adéquate.

— Que veux-tu ? Je l'ai su par intuition, ai-je répliqué, fière de mon exploit.

— Au fond, tu es comme ces idiots savants qui savent sans rien savoir vraiment, a-t-il conclu en faisant un virage à gauche.

S'il m'avait poignardée, cela m'aurait fait moins mal. C'était une simple constatation qui ressemblait aux centaines qu'il note en observant la démarche raide de l'un de ses robots. Je l'ai reçue comme une boule de démolition à l'estomac, un reniement de tout ce que je chérissais. Je n'étais – à ses yeux – qu'une idiote dotée d'une certaine intuition. J'ai le don d'extrapoler des mondes entiers à partir de quelques mots, d'un regard, d'un son, d'une image. Et oui, je tombe par intuition, concurrence divine, aléa, *or pure dumb luck*, là où d'autres arrivent par des chemins plus exigeants.

Les décisions importantes de ma vie, je les ai toujours prises rapidement, comme si elles m'attendaient. Je ne me souviens pas du jour où j'ai décidé d'être pianiste. À sept ans, je le savais déjà. Je ne me souviens pas plus du jour où j'ai quitté le piano ni du jour où mon intérêt pour le journalisme est né, seulement que j'étais en Palestine, carnet et caméra en main, comme si j'avais toujours été là. Samer m'a accusée une fois d'avoir le goût de l'abandon. Moi, j'ai toujours l'impression de renaître.

Je vis d'un surplus de vie qui, pour lui, est séduisant, mais ne sert à rien. Sans ce surplus nourrissant, ce «trop» parfois accablant, surplus d'énergie qui devient frénésie, surplus d'amour qui devient obsession, surplus de rêves qui deviennent fantasmes, surplus de peurs qui deviennent angoisse, je ne suis rien non plus. Son travail consiste à débusquer les excès pour rendre les machines plus efficaces alors que je suis fabriquée d'excès. Il cherche les réponses, je me délecte de poser des questions. Je ne lui en veux pas, comment lui en vouloir d'être qui il est ? Cette planche de bois solide, incassable qui a tenu ma tête hors de l'eau, qui répond à tous mes besoins, ne demande qu'à me servir ? Non, je ne suis pas en colère. Nous ne sommes simplement pas de la même écorce, ni gravés avec le même burin.

Il est matière première, pierre précieuse sous la terre, rare, sans artifices, et nécessaire, mais combien rugueuse et rêche au toucher. Vrai jusqu'à en être brutal, il ne connaît pas la tendresse du mensonge. Autant il est malhabile avec les mots et insensible à tout ce qui échappe à la tangibilité des choses, autant il se soucie de mon confort et de mon bonheur. Or je n'ai jamais convoité le confort, et le bonheur m'a toujours laissée perplexe. La vérité ? Je l'échangerais volontiers pour un bon roman, ce qui fait de moi une bien étrange journaliste, me dirait-il.

L'amour, comme la musique, a besoin que l'on touche la partie de l'instrument qui vibre, que l'on fasse résonner les cordes sympathiques, que le soupir s'enchaîne dans un soupir, qu'il se déploie en un long et profond gémissement au creux de la table d'harmonie, que l'on pince les cordes du luth avec la plume, que l'on fasse chanter le violon sous les caresses des crins de cheval. Nous avions beau écouter les mêmes œuvres, il n'entendait pas ma musique, je ne reconnaissais pas la sienne.

Je le vois maintenant, j'ai arrêté de le désirer cet après-midi-là dans la voiture. J'ai arrêté de désirer un homme bien, un homme honnête et qui m'était et me restera toujours fidèle. L'un de mes excès sans doute, mais sur lequel je n'ai pas plus de contrôle que lui sur son sens pratique.

◆

La deuxième salle de bain est dans la chambre de Shams. Elle est censée être la chambre des maîtres. Nous avons pris la plus petite des deux puisque nous avons moins de meubles et d'objets. Ainsi, Shams peut répandre ses jouets et jouer sur son clavier tout en ayant le champ libre pour bouger ou étaler son ensemble de rails ferroviaires. Il aime construire des cités aux chemins de fer onduleux et enchevêtrés, parsemés de ponts suspendus, de tunnels, de passages à niveau et de stations bien achalandées. La chambre n'a pas de fenêtres. Le soleil entre par une série de lucarnes, exposant le plafond au ciel de long en large, de sorte qu'on est baigné dans la lumière toute la journée et qu'on voit les nuages, leurs promenades tantôt solitaires, tantôt en couple, indiquant l'heure, le temps et la direction du vent. Parfois, des pigeons atterrissent sur les vitres. Leurs pattes cliquettent et des plumes tombent dans la chambre lorsque les lucarnes sont ouvertes. Les jours de pluie, une danse liquide emplit la chambre de rythme. L'écho rebondit entre les murs, amplifié par la grandeur et la hauteur de l'espace. Au début, nous craignions que le bruit et la lumière n'empêchent Shams de dormir, mais la pluie et lui sont vite devenus complices, les cadences sur son clavier s'accordant aux valses des gouttelettes d'eau. En soirée, le soleil prête sa flamme à la lune, de sorte que la chambre n'est jamais sombre. Elle est tapissée de blanc, peinte en blanc, dotée d'un bureau blanc, d'un lit blanc, d'une garde-robe blanche. Ce n'était pas notre choix, l'appartement nous ayant été loué à moitié meublé. Dans cette ambiance immaculée, Shams laisse courir un joyeux désordre.

Si l'autre salle de bain est occupée, je me lave dans celle de sa chambre, me savonnant le corps de la clarté qui entre par la petite lucarne percée au-dessus du bain. Il se met alors au clavier pour accompagner le giclement de l'eau, montant le volume pour que je puisse l'entendre. Même si la musique passe péniblement par la sourdine de la douche, je reconnais ses pièces préférées, et les passages sur lesquels il tend à trébucher, et qu'il recommence avec la même impatience qui me traversait à son âge. Une impatience née d'amour et de passion, où l'on sent en soi jaillir la fontaine, arroser l'âme de mélodies tel un moineau se rafraîchissant dans une source.

Si Shams ne se sentait pas aimé, jamais il ne pourrait jouer ainsi. Malgré nos différences, et la distance, le gouffre énorme qui nous sépare, le sentiment d'échec qui nous hante, Samer et moi avons enfanté un soleil chaleureux, et nous l'avons allumé de la plus belle part de nous-mêmes, le goût de construire la vie, la volonté de joindre les vallées disparates par des ponts et des chemins de fer, d'imaginer une ville où tout est possible. Il est notre raison d'être, l'espoir pour lequel nous écartons jour après jour la fin.

Il m'arrive de me demander si... Si j'avais eu le courage d'avorter de Shams sans le lui révéler et si je l'avais quitté après t'avoir rencontré, que serions-nous devenus aujourd'hui? Lui aurait épousé une femme qui l'aime, qui lui aurait donné les quatre enfants dont il rêvait. Il lui aurait construit une maison sur la terre de son père et y aurait installé un atelier et consacré des heures à fabriquer des appareils. Moi, j'aurais été une nomade, vivant de ma plume, de mes reportages, et dans mon sac à dos. J'aurais foulé la terre avec toi, suivi ton parfum de Ramallah à Gaza, et je serais disparue à tes côtés sous les bombes incendiaires, sans le moindre regret. Si j'avais succombé à mes réflexes, je ne serais jamais devenue mère. Je suis partie en Palestine, sans dire à Samer que j'étais enceinte, convaincue qu'avec la distance, je choisirais la voie. Comment deviner que dans cette terre lacérée, tu m'attendais et que j'allais revenir six mois plus tard à Montréal pour accoucher de son enfant, alors que je t'aimais?

L'image surgit tout à coup à travers le verre givré de la douche: la lumière fluorescente de la salle de réunion, la grande table brune, la moquette grise usée par les pieds, l'odeur stagnante de la ventilation négligée, les murs dépourvus de fenêtres. Quel contraste avec la vue magnifique du haut de la colline que j'avais l'habitude d'admirer depuis les grandes vitres du bureau qu'on m'avait prêté au quotidien *Al-Quds*. Je venais de me faire couper les cheveux. Tu es entré, le pas léger, passant derrière mon siège pour te diriger au bout de la table. Ton regard bleu s'est posé enfin sur mon visage. Un lecteur d'esprits, me suis-je dit. À la fin de la réunion, je me suis présentée. J'ai tenu à t'informer de ma grossesse, une intimité germait déjà. Alors que Shams faisait ses premiers mouvements dans mon ventre, nous avions déjà franchi les barrières, marquant Ramallah de nos lieux de rendez-vous, arrimé nos rêves au bord de la mer Morte, créé un havre dans un impénitent champ de guerre. Et quand tu revenais découragé de Gaza, je pansais tes blessures avec mes baisers. Ton visage disparaissait alors entre mes jambes, la langue entre les lèvres, le souffle frais sur la chair. Le désir, des ruisseaux de crème, dégageait son parfum sur les draps. Une violence intérieure, une belle violence bouillonnait dans mon ventre, exigeait que tu t'y glisses entier, là où mon bébé m'habitait. Que tu effleures la membrane, là où mon bébé me donnait des coups de pied, que tu me chatouilles de l'intérieur, là dans le coin gauche juste en haut de mon sexe, comme mon bébé me chatouillait, que tu tendes les bras et déplaces mes organes, comme la fois où mon bébé a poussé mon pancréas, le coinçant entre mes côtes.

Des mois plus tard, l'accouchement de Shams a vibré dans mon bassin. Une douleur infernale, un plaisir sadique. Autant je voulais qu'il sorte, autant je voulais qu'il reste là, à la frontière de mon corps, le déchirant tout en le caressant. Au cri de la vie, mes bras sont tombés de chaque côté du lit, et j'ai pleuré, pleuré, pleuré. À ce moment, j'ai pensé à toi. Tu m'avais conseillé de rentrer à Montréal, me disant que ce serait injuste de priver le père de la naissance de son fils. Tu m'as renvoyée à mes responsabilités. J'ai crié ton nom, mais tu ne m'as pas entendue. Je t'ai écrit, mais tu n'as pas répondu. Je t'ai attendu, mais tu n'es pas venu. Premier rite de passage pour un amour absent.

◆

— Leila?

Samer entre.

— Oui?

Il accroche une serviette au mur.

— Tu as oublié d'en amener une.

— Merci.

— Je vais au bureau.

— OK. Moi, je vais prendre un café avec Mhammad.

— Peux-tu récupérer Shams en rentrant?

— D'accord.

Nous voilà dix ans après Ramallah, toi, trop loin, moi, ici. Shams a grandi. Si je n'avais pas déjà été enceinte quand nous nous sommes rencontrés, je t'aurais dit combien il te ressemblait. Depuis ses premiers moments de conscience, il a été imbibé d'amour. Quand je le vois heureux, débordant de musique, survolté par les papillons, rêvant de Suzannah, je pense à lui aux premiers mois de sa vie, flottant en moi pendant que nous faisions l'amour, se nourrissant de notre passion. Et ça me console.

Bennett

Même jour, l'après-midi

Les pieds de Nour ressemblent à ceux de sa tante, longs, étroits, avec des orteils fins, le deuxième dépassant le premier avant de dessiner avec les trois suivants une belle courbe inclinée.

— Vous avez des pieds grecs, avais-je remarqué en massant ceux de sa tante Layal, l'été dernier.

— Avec le nombre d'envahisseurs qui ont rampé sur cette terre, ça ne me surprendrait pas si j'avais les pieds grecs et les mains turques !

Sa réplique a vibré entre les murs de la clinique.

— Kanaana, c'est un nom d'origine cananéenne.

— Le docteur est bien renseigné !

— J'ai eu un bon maître.

— Qui vous l'a ap...

Sa voix s'est brisée.

— Je vous ai fait mal ?

— Pas du tout, pas du tout. Ça fait juste longtemps depuis que Réna est venue. Mes jambes sont engourdies.

Ramallah, juin 2008, six semaines après la dispute avec Nour. Layal était arrivée, soutenue par le chauffeur du taxi. Elle incarnait le même mélange de fragilité et de force qui se dégageait de M. Toukan. Il aurait beaucoup ressemblé à Layal, s'il avait été une femme. Ce que les livres avaient appris à mon maître, la vie l'avait enseigné à la tante de Nour. Layal avait autant d'esprit que lui de patience, mais ils partageaient la même passion pour le parfum des herbes, connaissaient leur secret et leur puissance, possédaient ce savoir immesurable que seules les expériences les plus douloureuses inculquent. S'il l'avait rencontrée avant sa mort, M. Toukan aurait peut-être retrouvé l'amour auprès de Layal après le décès de son épouse. Il aurait fait la connaissance de Nour alors qu'elle était encore en Palestine, l'aurait aimée, comme je l'aime, aurait été son père et elle, la fille qu'il n'a jamais eue, tout comme Layal a été une mère pour sa nièce. Le destin a voulu que je fasse la rencontre de sa tante ce jour-là à la clinique. Plus je vieillis, mieux je vois les correspondances qui attachent les vies disparates.

J'ai tourné et retourné délicatement la cheville droite de Layal, fléchissant le pied, l'étirant, pressant ensuite avec les pouces, et glissant vers le haut en évitant les cicatrices qui défigurent ses mollets. Les shrapnells s'étaient enchâssés si profondément dans sa peau qu'ils avaient endommagé les tendons et les muscles. Sans les séances physiothérapeutiques, Layal aurait depuis longtemps perdu l'usage de ses jambes.

— Réna a été envoyée d'urgence à Gaza. Elle sera de retour la semaine prochaine. Il faut vous contenter de moi, hélas.

— Allons, Docteur Bennett. Vous le faites presque aussi bien que votre collègue.

— Presque?

— Presque, c'est déjà beaucoup!

Ce regard intelligent, l'attitude chaleureuse, teintée d'un soupçon de reproche, je voyais bien de qui Nour les avait hérités. Avant le rideau, avant le drame, elle était comme sa tante, une danse de distance et de douceur. Nour mettait à nu la maladresse du monde, sans faux pas, sans fracas. Elle arrachait aux bien-pensants leur vernis de vertu sans recourir aux gestes brusques. Penchée pendant des heures sur des textes fragiles, Nour avait appris à prendre soin des gens comme autant de mots frêles inscrits sur du papier vieilli. Elle n'en abusait jamais, faisait de chaque reproche une preuve d'amitié, jusqu'au jour où l'amitié l'a trahie et le drame l'a rendue muette. Désormais, c'est seulement son corps qui me parle, sa toux, sa fièvre, le bruit du thé aspiré entre ses lèvres, les mains pâles, les pieds ankylosés, les blessures invisibles, mais tout aussi dévastatrices que celles des shrapnells sur les jambes de sa tante.

Je déverse un autre litre d'eau bien chaude dans le bol placé près du lit et y ajoute du sel de mer.

— C'est prêt, l'informé-je avant de retourner à la cuisine et de m'emparer du cahier de recettes.

Depuis que je lui ai fait la soupe, je monte l'épicerie et prépare le repas l'après-midi, après mes tâches de concierge. En l'absence de mots, la nourriture est devenue notre messager. Je m'en sers pour déchiffrer ses secrets, puisant dans sa moindre réaction aux odeurs un indice d'ouverture ou une fissure. Avec sa tante Layal, la glace s'est brisée au moment le plus inattendu, lorsque, en lui parlant de mes origines, j'ai mentionné le quartier de Balham à Londres. Elle était venue à la clinique, risquant des heures d'attente, défiant la chaleur et les limites de son corps, mais elle préférait mourir que de laisser paraître son désespoir. Lorsqu'elle m'a parlé de sa nièce muséologue qui habitait sur Boundaries Road, moi qui n'ai jamais cru aux histoires à l'eau de rose, je ne pouvais qu'y lire un signe. Je n'ai pas eu le courage de lui avouer que je connaissais Nour et que nous étions même voisins, que Nour m'avait parlé de sa tante qui l'a élevée à Ramallah jusqu'à l'âge de 10 ans, avant qu'elle ne retourne vivre avec son père au camp de Jabaliya, à Gaza. Dès lors, elle ne voyait que rarement sa tante, bien qu'elle soit restée très attachée à elle. Dans la diaspora, le mouvement de résistance battait son plein. En Palestine, l'Intifada couvait. Les Israéliens renforçaient l'occupation et les colonies à coups de plus en plus brutaux. Les barrières entre la ville de Layal, juchée sur les montagnes de la Cisjordanie, et la sienne, contre laquelle se rabattent les vagues de la Méditerranée, étaient impénétrables. Elles devaient se contenter de longues conversations au téléphone.

— Gaza est une île, étranglée par deux mers, m'avait dit Nour, l'une est faite d'eau et de sel, l'autre, de méchanceté humaine.

Nour a quitté sa terre en 1982 sans pouvoir dire adieu à sa tante.

◆

Je feuillette le cahier de recettes, y cherchant la trace de Layal. Nour a noté le nom des femmes qui lui ont appris la cuisine. Elle a inscrit chaque étape et chaque geste, listé les ustensiles et les outils dont j'aurai besoin avec leur nom arabe. Layal lui a transmis le secret des herbes, l'art de les combiner pour préparer les vinaigrettes et les marinades. Son nom apparaît à la page 35 ; le thym, herbe des dieux, a écrit Nour, suivi de deux ou trois recettes. Page 40 : la sauge, l'herbe fidèle. Page 45 : la menthe, l'herbe de l'amour interdit... Les leçons de Layal couvrent près du tiers du cahier. Je brise quelques tiges du pot de sauge livré avec l'épicerie et arrache des feuilles de menthe du bocal que j'ai trouvé dans le couloir. Son étiquette présentant la légende de la menthe s'est détachée du verre. Je l'ai recollée en appuyant sur le coin. Nour émergera un jour du rideau, lira l'étiquette, et la muséologue qu'elle est corrigera les inévitables erreurs dans cette version du mythe. Entre-temps, la menthe attendra sur le bord de la fenêtre.

Si sa tante avait eu la possibilité de venir à Londres, elle m'aurait blâmé d'avoir arrangé les herbes ainsi, exhibées tristement au-dessus de l'évier. Elle m'aurait conseillé de les replanter sur le balcon dans un grand bac en plein soleil. Entre la tante et sa nièce, j'étais l'éternel apprenti. Malgré un premier échange plutôt difficile, nous avions passé ensemble un après-midi magique à la clinique, Layal et moi. Je lui avais massé les pieds en savourant chaque mot, lui soutirant des détails, la suppliant de répéter les anecdotes les plus drôles. Nour enfant, Nour jeune fille palpitant d'intelligence, Nour réinventant le monde, cultivant son jardin dans les lieux les plus délabrés.

— On peut tout nous prendre, Docteur, tout nous voler, sauf les rêves. Si elle a quitté le pays, c'est pour rêver au nom de tous ceux qui ne peuvent plus le faire ici. Elle est la lumière de mes yeux, celle pour qui je soigne mes pauvres jambes. Un jour, elle reviendra. Il faut que je sois debout pour la prendre dans mes bras, pour soulever le petit Shams et l'embrasser partout.

Le lendemain, un appel de Réna depuis Gaza m'a obligé à quitter Layal et la Cisjordanie.

— On m'a détenue à la barrière et ils ont confisqué les concentrateurs d'oxygène.

Par manque d'options et d'accès au monde, les hôpitaux de la Cisjordanie et de Gaza se procuraient les cylindres d'oxygène dont ils avaient besoin en Israël, ce qui avalait une bonne portion du budget et mettait les Palestiniens souffrant de maladies respiratoires à la merci du camp ennemi. Depuis le début du blocus en 2006, ce ne sont pas seulement le nombre de calories allouées par personne qu'Israël détermine, mais le nombre de respirations. Quand ils ne mouraient pas de malnutrition, les patients périssaient dans les ambulances en attendant de traverser les barrières. À l'initiative d'un organisme norvégien, l'hôpital Al-Shifa s'était entendu avec les services de santé à Gaza, dont l'UNRWA, afin de faciliter l'achat et l'installation de concentrateurs portables qui permettraient d'extraire l'oxygène de l'air. Ainsi, la respiration des Palestiniens ne dépendrait plus des caprices des autorités israéliennes. Et voilà que les camions acheminant les concentrateurs étaient bloqués à la traversée de Karni.

Une fois de l'autre côté de la frontière, j'étais prisonnier, enlisé dans la paperasse des permis, des attestations et des inventaires, adressant des lettres à tous ceux qui risquaient d'écouter, négociant avec toute la pyramide militaire, depuis l'adolescent au visage acnéique pointant sa mitraillette à la barrière jusqu'au sous-ministre des affaires étrangères, pris dans le jeu cruel imposé à tout humain, objet ou animal voulant sortir de Gaza ou y entrer. La tactique n'est pas nouvelle : noyons-les dans la bureaucratie et que le temps fasse ses ravages. Il y a mille façons de commettre un crime de guerre. Les jours se sont écoulés, puis les semaines. Le visage de Layal s'est fondu dans celui des milliers d'autres femmes dont les noms figuraient sur ma liste de patients en manque d'oxygène et dans les lettres sollicitant la pitié de l'adversaire. J'étais certain qu'elle m'avait oublié, que j'étais redevenu pour elle un médecin anonyme, et que la fenêtre entrouverte sur l'univers de Nour s'était refermée.

Puis, la nouvelle est arrivée : 9 août 2008.

— Il est mort.

— Qui ?

— *J'ai rêvé...*, a balbutié Réna, *j'ai rêvé que mon rêve me portera et je le porterai jusqu'au jour où j'écrirai la dernière ligne sur le marbre de la tombe...*

— *Je me suis endormi... pour m'envoler*, ai-je terminé, en baissant la tête.

Réna a éclaté en sanglots. Elle qui est aussi dure que la pierre, l'urgentiste qui soigne les enfants mutilés sans fléchir. J'ai fait mon possible pour la réconforter, tout en pensant à Nour recevant la terrible nouvelle, Nour relisant les poèmes de son poète pour se consoler, Nour suivant la cérémonie funéraire sur l'écran froid d'une télé londonienne.

— Ils vont rapatrier son corps demain.

— Il faut retourner à Ramallah, alors.

— La barrière... Je ne sais même pas s'ils me laisseront passer après l'histoire avec les concentrateurs.

— Tu auras les permis nécessaires. Je m'en occuperai.

◆

J'arrache des feuilles de sauge et de menthe, les plaçant dans des bols séparés. Dans la liste de recettes, je choisis celle que Layal avait cuisinée le jour de notre retour à Ramallah. Elle nous avait reçus, Réna et moi, avec des patates douces rôties dans une crème aromatisée à la sauge et une salade de feta relevée à la menthe et au thym. Lorsque je lis un poème de Darwich, c'est la fragrance des patates douces de Layal qui surgit dans mon esprit.

Me voilà un an plus tard, dans la chambre de celle qui l'avait fréquenté depuis l'enfance. Nous avons perdu l'usage des mots. Demeurent cependant l'odeur de la cuisine et la poésie.

Elle qui peut, des seins d'une jeune fille, éclairer les nuits, d'une pomme éclairer deux corps, et par le cri d'un gardénia, restituer une patrie.

♦

À Gaza, j'étais galvanisé par la perspective d'assister aux funérailles de Darwich. J'ai récité ses mots, comme une promesse. J'allais pour Nour et pour sa tante. Je l'avais déçue le jour où nous nous étions disputés à propos du poème de Réna. Je me voyais déjà de retour à Londres après l'événement, au salon de l'appartement 12, entouré de son mari et de son enfant, lui parlant de la cérémonie pendant qu'elle servirait le café. Je ne me doutais pas à ce moment-là de tout ce qui allait suivre.

Erez. 10 août 2008.

Seul *checkpoint* permettant le passage des piétons.

37 degrés.

La température au petit matin en attendant que le gardien du côté palestinien de la frontière vérifie nos papiers. Il a épié Réna. Trop blonde pour être arabe, trop aguerrie pour être occidentale. Son nom tout aussi ambigu que son visage.

— Et l'autre ?

Elle lui a soumis sa carte d'identité palestinienne. Une heure encore, sous le soleil, avant qu'il ne lui rende ses documents. D'un mouvement de tête, il nous a montré le no man's land.

1,5 kilomètre.

La longueur du champ à traverser. Silhouettes voûtées traînant bagages et enfants sur le gravier. Parmi les bourrasques de sable, dans l'ombre des drones, nous avons marché.

Nous marchons comme si nous étions nos semblables, comme si là-bas était là, entre les entre-deux. Comme si la route était la destination infinie.

Béton.

Un couloir gris au bout du désert.

Serpent de métal géant... qui brandit son cauchemar.

Femmes, hommes, jeunes, aînés, ouvriers, humanitaires, étrangers, non-étrangers, triés.

À chacun son corridor. Dirigés comme le bétail à l'abattoir.

Serpent qui ondule pour ne pas ressembler à nos regards droits devant.

La lumière clignotant au-dessus de nos têtes. Vert, avancez. Rouge, cuisez dans la chaleur.

Acier.

Le terminal de sécurité métallique braquait ses caméras, rayons X et ultraviolets sur les passants.

Chaque muscle, organe, veine, exposé. Chaque once de gras et chaque caillot de sang débusqué. La peau tournée à l'envers.

Serpent qui tente de pondre entre notre inspiration et notre expiration: Nous sommes, tant nous étouffons, nous sommes les étrangers.

25 000.

Le nombre de personnes que le terminal devait recevoir par jour. Depuis le blocus, seuls les évacués détenant des permis médicaux y ont pénétré. On ne sort de Gaza que si l'on a déjà pris le chemin de la mort.

Clinique.

Unité de soins intensifs et de services paramédicaux pour les centaines de victimes des bombes, et les milliers souffrant de maladies chroniques. Les hôpitaux de Gaza n'ont plus les moyens de les soigner. Une clinique à la frontière, mais encore faut-il s'y rendre.

Vingt.

Le nombre de points de fouille avant d'être libéré. Vingt fois arrêtés devant autant de portes, détenus dans des cubicules verrouillés. Une dame âgée a boité vers le premier cubicule.

— Placez les pieds à l'endroit désigné!

La voix crachait les ordres depuis les haut-parleurs. La dame s'est appuyée sur sa canne.

— Écartez les jambes! Levez les bras!

Elle a levé le bras gauche. La canne a tremblé.

Vingt commandes d'écarter les jambes, lever les bras, vider et revider les malles, enlever les vêtements, vérifier les documents.

Vingt fois la même question.

Vingt prétextes pour se faire refuser la traversée.

42 degrés.

La température l'après-midi. Sept heures pour franchir la barrière.

Routine.

Une fois de l'autre côté des barbelés, nous avons pris la route vers Ramallah.

Côtes et pentes. Jour et nuit sur les deux bords. Palmiers et cyprès et tournesols sur les deux bords.

Les collines de la Palestine, sillonnant les montagnes, divaguant au rythme de la terre qui ondule, enregistrant chaque moment, lieu, motif pour les décrire plus tard à Nour.

Côtes et pentes. Traces de défunts qui, ayant vu leur mort debout sur la route, la saluèrent.

Terre lacérée, cicatrices pansées par les baisers. Petites lèvres déshydratées sur joues rugueuses.

Terre à l'été jaune, où les ronces picorent le visage des roches pour passer le temps.

Visages au regard rouge, orange, beige, blanc, fixé sur la ville, femme désirée, âme enterrée, corps rochers, traits tirés, peau ridée, les rides, rouille creusée par les ruisseaux de rosée. Et derrière les collines, les maisons couronnent les sommets échevelés. Je voulais raconter à Nour la traversée, lui dire que je l'avais vécue aussi, que je savais désormais ce qu'elle avait subi pendant des années, que même pour des gens comme nous, l'inévitable se produisait.

18 h. À quelques kilomètres de Ramallah, un trafic monstre. Une barrière. Encore une autre. Rang après rang de barres roulantes, corps dégoulinant, un à la fois, des passoires israéliennes. Vingt minutes, vingt heures, parfois vingt jours – toujours vingt – de fouille, d'insultes et d'interrogatoires. La violence a maîtrisé l'art de la lenteur. Par-delà la barrière, le mur-serpent dressait la tête.

Il déroule ses vertèbres de ciment armé d'acier souple... qui l'aident à progresser vers ce qui nous reste d'horizons et de bacs de menthe.

Au pied du mur, les enfants suffoquaient entre les jambes, les passagers s'étouffaient dans les voitures surchargées. J'ai baissé la fenêtre. Le bout de la mitraillette a bouché l'horizon. Réna s'est adressée au soldat en hébreu. Il a scruté nos papiers, après quoi il nous a laissés entrer. S'il avait su que la blonde à la coiffure courte avait du sang arabe, que le *é* dans son prénom avait remplacé le *a*, nous aurions été arrêtés et fouillés, comme les milliers d'autres qui attendaient avec nous. Il a menti. Elle a menti. Nous étions guérisseurs et guerriers, complices dans un jeu absurde.

— *Dans nos miroirs, nous ne voyons que l'avancée du serpent vers nos gorges*, a dit Réna, une fois le mur derrière nous.

— *Mais, avec un peu d'effort, nous voyons ce qui le surplombe : un ciel que font bâiller d'ennui des ingénieurs qui construisent un toit de fusils et de fanions, un ciel que nous voyons, la nuit, briller de la lumière des étoiles qui nous regardent avec tendresse*, a répondu Nour lorsque je lui ai raconté la traversée de la barrière.

Si seulement elle savait combien elle avait raison. Au fur et à mesure que nous avons monté les collines de Ramallah, la température a baissé, le vent frais de la montagne chassant les bourrasques et le souffle collant de la mer. La douceur du temps consolait le paysage blessé.

Je n'ai jamais révélé à Nour que sa tante nous avait reçus quatre jours pendant les funérailles de Darwich, que c'était grâce à Layal, à sa maison, son thé, son jardin, que j'ai découvert ce que la barrière ne réussissait pas à empêcher. Nous étions venus pour marquer la mort, Layal nous a fait le don de la vie. Alors que la Palestine pleurait son poète, elle nous a ordonné de le fêter. Layal, et l'odeur appétissante des miches de pain aromatisées au fenugrec chaque matin. Layal, resplendissante dans son jardin, me montrant les herbes pour les infuser avec le thé après le souper. Au départ, je croyais qu'elle le faisait pour échapper à la solitude. Nous étions en vérité des orphelins et elle nous a sauvés.

Nous sommes arrivés à 20 h. Réna a garé la voiture sous un auvent de feuilles de vigne. Amigo, le chien du quartier, nous a accueillis, zigzaguant entre les jambes de Réna. Nous l'avons suivi dans la petite allée étreinte par les rosiers qui menait à la maison de pierre. Les rochers écorchés, saignant tout au long de la route vers Ramallah, étaient recouverts d'arbres et de fleurs. Amigo, repoussant de la patte la moustiquaire de la porte, est disparu à l'intérieur. Robes de noces sur les murs, broderies en rouge, vert, noir, blanc, cousues sur les bancs et le dos des chaises et des divans; la Palestine était partout, enrobée d'oliviers, de citronniers, de figuiers, de grenadiers, leur parfum dans tous les objets.

Nous n'étions pas les seuls invités. Pendant quatre jours, des femmes entraient et sortaient, accompagnées de fiancés, de camarades ou de collègues. Elles venaient se recueillir chez Layal. Cheveux voilés à côté de camisoles d'été. Parmi les silhouettes bien couvertes, shorts et voix qui portaient. L'humour acerbe, tranchant. De l'aube au crépuscule, nous refaisions l'avenir et jouions à la joute poétique avec Darwich. Certains lançaient des vers entre les gorgées de bière, les cigarettes jamais trop loin de leurs lèvres. D'autres préféraient les graines de citrouille grillées. Nous écoutions les poèmes à la radio clouée au milieu de la table du jardin, entre les bols de fruits, les noix et la boisson.

— *Poème de ceux qui n'aiment pas décrire la brume, son poème*, je commençais.

— *Manteau des nuages au-dessus de l'église, son manteau*, ils finissaient.

— *Secret de deux cœurs réfugiés auprès du Barada, son secret.*

— *Palmier de la Sumérienne, mère des hymnes, son palmier.*

— *Il ne signe pas ses poèmes*, rappelaient les hommes.

— *Car la jeune fille le reconnaît, quand elle sent le picotement des aiguilles et le sel dans son sang*, rétorquaient les femmes.

Dès que le vent froid des nuits montagneuses nous pinçait la peau, Layal demandait de lui cueillir de la menthe au pied des arbres pour faire le thé. Une bonbonne de gaz était installée dans le jardin, lui évitant des déplacements inutiles. Combien de chants à la Palestine, ses oliviers, ses fruits, ses maisons, ses femmes ? Combien de rimes ? Venu faire le deuil du poète, j'ai vécu, quatre jours durant, dans l'un de ses poèmes.

C'est ce que Nour avait tenté de me faire comprendre à l'entrée de Balham Station, par sa critique de la poésie de Réna. Je lui avais collé au front une vie de misère et de souffrance pour justifier ma présence et mon métier. La face sombre d'une existence dont j'avais écarté la part de lumière. On pense que les gens en guerre sont si différents de nous, qu'ils chérissent moins la vie, qu'ils sont habités par une folie. Que la mort est leur compagne et leur destin. Que le bonheur leur est étranger. Que ce qu'ils font, on ne pourra jamais le faire nous-mêmes. Pourquoi faut-il toujours condamner les autres à la misère ? C'est la question que Nour me posait.

Pour chaque Rasha, Dina, Sawsan qui s'éteignait à petit feu, d'autres renaissaient. Pour chaque maison démolie ou photo de famille écrasée sous les décombres, une autre survivait entre les fruitiers. Dans le jardin de Layal, les cicatrices sur ses jambes disparaissaient. Elle n'était plus la dame infirme qui marchait à peine, mais une reine. Dans son royaume, elle n'avait nul besoin de bouger, nous étions heureux de nous soumettre à ses commandements, de faire pour elle les courses et de l'observer pendant qu'elle préparait le repas au cœur du jardin, en nous laissant bercer par la voix de Darwich.

— Je n'ai jamais vécu un deuil aussi serein.

Septembre 2008. J'étais enfin de retour et nous nous remémorions notre attachement à Darwich autour du repas. Nour était affamée de détails. Je lui aurais parlé du pays et des funérailles pendant des heures sans assouvir sa soif. J'ai suggéré alors une promenade au parc, comme nous en avions fait tant d'autres auparavant. Nous nous sommes baladés à quatre, mère, père, enfant et voisin jusqu'à Wandsworth Common Station, où Khaled a pris le train pour régler une urgence au travail. Une fois au bord de l'étang, Shams nous a délaissés pour courir sur les quais.

— Parle-moi encore, Bennett. Parle-moi des funérailles. Y avait-il beaucoup de monde?, a demandé Nour.

— Partout où il est passé, nous l'avons chanté. Nous avons attendu sur les toits des maisons l'atterrissage de l'hélicoptère qui ramenait son corps. Le cortège a sillonné la ville. Nous l'avons accompagné jusqu'au sommet de l'une des hautes collines de Ramallah. Et quand sa mère Houriyya, celle pour qui il avait écrit tant de poèmes, est apparue dans sa chaise roulante pour dire adieu à son fils, c'était comme si nous touchions à une légende. Femmes et hommes, petits et grands lui tendaient les bras, cherchant sa caresse, d'autres prenaient ses mains et les embrassaient. La poésie de Darwich avait pris une forme humaine. Sa mère était le poème. Il repose entouré d'oliviers, de fleurs, et de palmiers, juste à côté du Palais des arts et de la culture. La Palestine à portée des yeux. Des milliers de gens ont marché dans la rue. D'autres ont attendu sur la colline de sa tombe. Partout à Ramallah, sa voix résonnait à la radio: *Donne-nous, Amour, toute ta crue...*

— *Que nous menions la noble guerre des sentimentaux.*

— *Le climat est propice et le soleil aiguise nos armes, le matin.*

— *Amour, nous n'avons d'autre but que la défaite dans tes guerres... Sois vainqueur toi, et entends les louanges de tes victimes!*

— *Sois vainqueur! Que tes mains soient bénies!*

— *Et reviens vers nous, vaincus... et toi, sain et sauf!*

Nour s'est tournée vers moi, le sourire indéchiffrable, comme celui de sa tante à notre première rencontre à la clinique. Soudain, elle a placé sa main sur la mienne. Je l'ai tenue comme si tout mon être en dépendait. Dix ans après avoir fait sa connaissance, ce jour de septembre au parc marquait un nouveau départ. Elle le savait, je le savais. Les trois mois auxquels nous avons eu droit par la suite ont été les plus heureux de ma vie. Ces trois mois de bonheur avant le retour en Palestine et que le pire ne se produise, c'est la vie de sa tante et la mort de son poète qui les avaient rendus possibles.

◆

12 novembre 2009. Le flic-flac de pieds trempés dans l'eau. C'est la troisième fois que je vide et remplis de nouveau le bol près du lit. Nour ramasse l'eau dans sa paume. J'entends la musique des gouttelettes coulant le long de ses jambes. Je vois ses mollets, je vois ses mains. Son soupir me frôle de loin. Au son de ses pieds brisant la surface liquide, la béatitude m'enveloppe, le même bonheur qui m'avait bercé des jours durant chez Layal.

La sonnerie du four rompt la magie. Les patates douces sont prêtes. En ouvrant le four, la fragrance se déploie dans l'appartement, bonjour venu d'un autre temps, celui de Layal, souriant avec satisfaction pendant que Réna et moi dévorions ses patates. Elle m'avait dit que c'était le repas préféré de sa nièce. J'arrange les patates en anneau dans l'assiette, une chaîne de montagnes douces adossées les unes contre les autres, avec, au centre, une salade de feta au thym et à la menthe, le rose orangé des patates parant un cœur de blanc et de vert comme la maison de Layal parmi les collines de Ramallah. Avant de partir, je retire le bol d'eau et dépose l'assiette au chevet du lit. Je m'apprête à refermer la porte derrière moi quand j'entends :

— Reste.

Leila

Plus tôt, à midi

— Tu penses trop, Cousine.

Mhammad pose deux tasses de café sur la table tout en jetant un coup d'œil à *L'herbier voyageur* ouvert devant moi. Je suis au chapitre sur le romarin.

— Je n'aime pas cette herbe!, s'exclame-t-il en scrutant l'image sur la page. Elle me rappelle la mort d'Oncle Kamal. Il aimait le romarin.

Je n'ai jamais vraiment connu Oncle Kamal. Il était un rêveur, épousant une cause après l'autre, tantôt la Palestine, tantôt les luttes pour l'indépendance en Afrique, tantôt les mouvements d'opposition au régime baathiste, ce qui le mettait dans le lit des islamistes, lui qui n'a jamais prié de sa vie. Il a fini par être accusé d'être un Frère musulman et emprisonné, avant que ses sœurs ne plaident pour sa libération, ma mère avec son argent et ma tante Fatmeh, la mère de Mhammad, avec sa douceur. Il a passé des années à errer, çà et là, avant que le cancer ne l'emporte à 55 ans. La dernière fois que je l'ai croisé, j'étais de passage à Saïda, au Liban. Il logeait chez un camarade qui possédait un vieux piano. Je lui avais joué une chanson de Fairuz et il avait pleuré. Seul moment de tendresse entre nous dans une relation limitée aux appels à distance et aux salutations traditionnelles pour les occasions importantes. Quelques mois plus tard, le diagnostic est tombé. Cancer du pancréas, phase terminale. Oncle Kamal et moi étions des étrangers qui partageaient le même sang, pas plus. Pour Mhammad, par contre, il était oncle, père, ami et héros. Son enfance est remplie de souvenirs aux côtés d'Oncle Kamal qui, pendant les périodes de pause entre révolutions et désirs de révolutions, retournait à la maison familiale où il avait grandi. Tante Fatmeh en avait hérité, étant la seule à n'avoir pas quitté le pays après son mariage. Son époux n'ayant pas les moyens de lui construire une maison, elle était devenue la gardienne de la demeure familiale.

Comme nos rapports à la famille et à la terre sont différents... Mhammad a grandi enraciné au Moyen-Orient, alors que moi, je n'ai eu qu'une existence flottante. Je comprends son attachement à notre oncle, ils sont si semblables. Mon cousin peut prétendre au cynisme et se réfugier dans le sarcasme comme il veut, je n'y crois pas. Il est un rêveur, comme Oncle Kamal, souvent happé par la cruauté de la vie. Il est le seul à me parler comme il le fait, le seul à se moquer de mes angoisses et le seul dans sa vérité et sa sincérité. Depuis que nous nous fréquentons, je laisse tomber plus souvent mes masques.

Nous partons, comme d'habitude, vers Hyde Park. Quelques rayons de soleil pointent à travers les nuages. Je m'étends sur un banc payant au bord du lac, prête à défier celui qui aurait le mauvais goût de me demander un centime. Mhammad, prévoyant la scène, paie, pour une fois, pour lui et pour moi, et revient. Bien qu'il ne parle pas le français, il se met à consulter *L'herbier voyageur* pendant que je fixe le ciel.

— J'ai laissé un pot de menthe dans le couloir, admets-je enfin, mais je n'ai toujours pas de réponse.

— Hmm. Et si ce n'était pas la bonne herbe? Il préfère peut-être le romarin, comme Oncle Kamal.

Mhammad replonge dans le livre.

— Qu'est-ce qu'on raconte sur le romarin ici?

Je me redresse.

— «Élixir de jouvence. On l'appelait "l'herbe aux couronnes". Symbole de l'amour et du mariage. Les bergers en faisaient des bouquets avec l'origan pour leurs maîtresses. Le romarin accompagnait aussi les morts dans l'au-delà, atténuant ainsi le chagrin du départ», lis-je, traduisant au fur et à mesure que j'avance.

— Oncle Kamal savait qu'il mourrait jeune... Quoi d'autre?

— «Le romarin est l'une des bases d'un élixir célèbre, *l'eau de Hongrie*, découvert par Isabelle, reine de Hongrie au XIVe siècle. Après avoir badigeonné son corps de cette eau, elle avait rajeuni à un point tel que le roi de Pologne l'avait demandée en mariage, alors qu'elle avait en vérité plus de 70 ans ! ».

— Il me faut de cette eau pour ma maîtresse !

— Ta maîtresse ?

— J'habite chez elle.

— Quoi ! Déjà ? Je pensais que tu sous-louais chez ton ami derrière Paddington Station.

— Oui, mais bon. J'ai dû dégager de là la semaine dernière. La ville est venue faire une inspection surprise. Je me suis sauvé juste à temps. Son appartement, c'est l'arrondissement qui le fournit. L'un de ces projets de logement social. Il n'a pas le droit de sous-louer. En tout cas, me voilà logé et nourri chez une femme riche qui demande seulement que je la cajole un peu. Seul hic... Incapable de faire bouillir un œuf, la reine, et moi, je n'ai pas la patience de cuisiner. Je n'en peux plus avec les *take-out* et les restos chics.

— C'est ce qu'on appelle un problème de première classe ! Tu aurais pu me le dire, Mhammad. Tu serais venu chez nous.

— Au bout du monde ? Merci, non merci. J'aime mieux rester au cœur de l'action. Son appartement est tout près, sur Edgware Road, te rends-tu compte ? Une bonne *shisha* et un café avec les amis le matin, une sieste à Hyde Park à midi, une bière au pub le soir, et une femme mature sexy pour réchauffer le lit. C'est le paradis !

Je lui tire l'oreille. Il feint la douleur, tout en gardant un grand sourire.

— Ah, Cousine, soupire-t-il, tout à coup. Dis, tu n'aurais pas une copie de toi qui traîne par ci, par là ?

Je lui tiens la main, émue par cette douceur qui surgit de lui au moment le plus inattendu.

— Ça me ferait du bien, une femme qui me tire l'oreille de temps à autre pour me garder sur le droit chemin, avoue-t-il en se tournant vers moi.

— Je fais une bien meilleure cousine qu'une épouse, crois-moi. Bon...

— Déjà !, proteste Mhammad en me voyant me lever.

— Je dois récupérer Shams et passer par Hildreth Market. Tu viens avec moi ? Je ferai des côtelettes d'agneau au romarin.

— Je t'ai dit, j'aime pas le romarin.

— Fais-moi confiance !

— Allons plutôt au Green Valley. C'est à dix minutes de marche d'ici. Tu veux me traîner jusqu'à Balham, j'exige de la bonne nourriture arabe.

Heureusement, l'épicerie libanaise n'est pas trop achalandée à cette heure de la journée, ce qui me permet de me nourrir les yeux et les papilles de toutes sortes de saveurs que je n'ai pas eu l'occasion de déguster depuis plus d'une année. Le persil, la menthe, le romarin, la coriandre, l'aneth, tous sont arrangés en bouquets, la terre encore collée à leurs feuilles. Je sélectionne les ingrédients pour l'agneau. Mhammad, assis sur une petite échelle, le nez dans *L'herbier*, me demande tout à coup combien de bouquets de romarin j'ai pris.

— Un, pourquoi?

— Prends-en six. J'ai besoin de 500 grammes. Et la même quantité de sauge, d'origan, de menthe et de camomille.

Il me montre l'album.

— C'est ce qui est écrit ici, non?

— Je croyais que tu ne lisais pas le français.

— Même un inculte comme ton cousin peut comprendre qu'origan, c'est la même chose qu'*oregano* et qu'aphrodisiaque, c'est *aphrodisiac*. C'est la recette pour une boisson, c'est ça?

— Non, pour un bain. Commençons par l'agneau, veux-tu?

— Allons, Leila, amusons-nous un peu. Pendant que tu prépares le dîner, moi je prépare le bain. Je promets, je mangerai ton agneau au romarin tout rond si tu m'aides à faire ce mélange.

Voyant mon scepticisme, il ajoute:

— Quelle meilleure revanche que de faire sentir à ton mystérieux cuisinier cette infusion à travers le couloir?

BENNETT

Début de soirée

Nous mangeons en silence. Je prends une bouchée de patate avec la fourchette et la passe à travers le rideau. Je donnerais tout pour revoir les lèvres de Nour se refermer sur la chair rose. Ces lèvres aux contours délicats, dont le sourire légèrement oblique expose le côté gauche des dents.

— C'est un signe d'intelligence, le sourire croche, ai-je remarqué une fois.

Elle a ri.

— Ce n'est pas mon sourire qui est croche, mon cher Bennett, mais mes dents. J'en avais une de trop qui a déplacé toutes les autres. Le dentiste me l'a arrachée, mais c'était trop tard!

Elle détournait constamment les compliments. Cette femme me manque. Son humour, son intelligence. Elle qui cachait une réplique dans sa poche. Qui est cette recluse se laissant nourrir sans résistance? Où est-elle partie, celle qui me forçait toujours à avaler une portion de plus? Elle m'a dit: reste. Qu'est-ce qu'elle attend de moi? Que je m'incline? Parfois, j'ai envie de déchirer ce macabre rideau. La secouer. Je veux la ramener au parc, et tout recommencer. Ce jour à Wandsworth Common où je lui ai raconté les funérailles de Darwich, je lui ai dit sans détour :

— Il faut que je te revoie. Je serai au coin de la station à midi, devant le stand de café. Tu viendras ?

Avant que je n'aie eu ma réponse, Shams est revenu nous rejoindre près du pont de train, les joues en feu d'avoir couru depuis l'étang.

— Regarde, Maman !

Il a tendu les bras, les paumes refermées l'une sur l'autre comme les deux moitiés d'un cœur, puis les a doucement séparées, révélant des ailes blanches. Le papillon s'est envolé. À cette époque, seule une rambarde rouillée séparait les piétons du chemin de fer en dessous. Se servant du bas du grillage comme marchepied, Shams s'est penché par-dessus la barrière du pont pour mieux voir le papillon.

— Attention, chéri !, a averti sa mère.

— Alors, Nour ? Midi, au stand.

— Il faut qu'on rentre. Il est déjà tard. Shams !

Shams parlait avec Charlie qui se tenait pas loin. Les deux silhouettes étaient collées l'une à l'autre. À quelques pas, l'infirmière surveillait discrètement. Lorsque leurs fronts se sont séparés, le papillon a émergé d'entre eux, comme un pétale de fleur soulevé par le vent.

— *Butterfly, fly, fly, butterfly*!, a crié Charlie sous le regard émerveillé de Shams.

Une fois le papillon disparu, Nour s'est avancée vers son fils.

— Allons, à la maison, chéri.

C'était inutile d'insister sur le rendez-vous. Je les ai accompagnés, écoutant Shams raconter les détails de sa conversation avec Charlie, son nouvel ami, et comment celui-ci avait réussi à rattraper le papillon. Au coin de Boundaries et de Balham Park, il s'est hâté vers la porte d'entrée de l'immeuble.

— Shams!, s'est écriée sa mère, exaspérée.

Il avait traversé l'intersection sans l'attendre.

— Il est déjà à l'entrée, ne t'inquiète pas.

— Il aurait pu...

— Ne t'inquiète pas, ai-je répété. Il a déjà 9 ans. Au pays, les gamins de son âge passent leur temps à courir dans les rues, as-tu oublié?

— Ils meurent dans les rues aussi...

Elle s'est détachée de moi.

— Viens demain. Nous prendrons un café et nous parlerons.

Elle s'engageait déjà dans la rue.

— J'y serai chaque midi, tu comprends? Tant que tu ne seras pas venue.

J'ai attendu qu'elle soit montée avant de suivre, comme si nous avions déjà franchi une limite et que nous devions à présent assurer la discrétion. C'était une promenade comme tant d'autres. Et pourtant, les gestes avaient perdu leur innocence, les échanges entre bons voisins, leur candeur.

Tout à coup, Sally a surgi du jardin derrière l'immeuble. Elle avait tout entendu.

— Attention, a-t-elle laissé tomber en enlevant ses gants tachés de terre.

Elle n'a pas pu empêcher la suite, pas plus qu'elle ne le pourra à présent. Seule et résignée à sa solitude, Sally subit depuis longtemps sa vie sans soulever le moindre remous, récupérant ses lettres retournées, seulement pour les renvoyer de nouveau.

— Attention, a-t-elle averti, quand elle m'a vu, tout à l'heure, au rez-de-chaussée.

À quoi bon me le rabâcher, un an plus tard ? Nour est derrière le rideau. La mort l'a déjà rattrapée et lui a scellé les lèvres. Ses jambes sont cimentées au plancher de l'appartement.

— Bon après-midi, Sally, me suis-je contenté de dire en allant vers l'escalier.

Le ménage de l'immeuble terminé, je prenais le courrier pour Nour avant de monter chez elle.

— Dis-lui de ne plus cuisiner la nuit, l'odeur envahit tout l'immeuble.

Dès que les choses ne suivent plus l'ordre qui lui convient, Sally introduit de nouvelles règles. Autant sa présence et sa prévisibilité me réconfortaient au retour de mes missions autant son intransigeance m'irrite aujourd'hui.

— Ce n'est pas elle qui cuisine, ai-je riposté.

— Alors qui d'autre ?

Leila, la locataire du 11, est alors survenue avec un homme dans la trentaine, les bras chargés. Des brins d'herbes et des bouts de légumes pendaient des sacs d'épicerie. Je leur ai ouvert la porte et le pare-feu menant à l'ascenseur tout en dévisageant Sally, féroce comme un prédateur à qui l'on a volé le gibier. La jeune dame m'a remercié, puis a poliment salué Sally. Je m'apprêtais à refermer la porte derrière elle quand son garçon est entré à son tour. Sa mère l'a hélé depuis le couloir.

— Par ici, Shams ! On prend l'ascenseur !

Est-ce qu'elle a dit *Shams* ? J'ai cru avoir mal entendu, mais l'expression sur le visage de Sally et ses mots me l'ont confirmé.

— C'est sans doute un nom populaire chez eux.

Un nom populaire, une coïncidence, peut-être. Au pays de Nour, les gens puisent la volonté de vivre dans le moindre concours de circonstances. Ils aspirent le courage once par once, déchiffrent un grand dessein dans les événements les plus anodins, et s'accordent le rôle du spectre sans lequel la toile reste inachevée. Pour sortir Nour de sa prison, je me servirais de toutes les coïncidences du monde, invoquerais le nom de Shams résonnant dans les couloirs de l'immeuble, lui dirais qu'il vit désormais dans le corps d'un autre enfant, qu'il dort dans les bras d'une autre maman, que sa vie se poursuit sans elle à l'étage en bas, alors qu'elle s'étiole dans le grenier de Kenmore House. Je pincerais les cordes de son cœur, drainerais chaque goutte d'amour, et s'il fallait lui briser le cœur pour la libérer, je le taillerais volontiers en pièces.

Le jour se retire et me voilà en train de la nourrir comme une enfant. Elle prend une autre bouchée. Une colère bleue gargouille en moi. Je voudrais lui lancer la fourchette au visage, lui servir son deuil. Et non, je ne regrette rien, ni de l'avoir aimée toutes ces années ni d'avoir revendiqué chaque mèche qui dépassait de son foulard. Je ne regrette surtout pas de ne m'être plus satisfait de l'amitié depuis la promenade au Wandsworth Common. Son poète est mort pour que nous soyons ensemble.

Leila

Fin d'après-midi

Le retour n'a pas été facile, même avec l'aide de mon cousin. Nous nous sommes promenés d'un moyen de transport à un autre, chacun chargé d'une dizaine de sacs en plastique, d'abord pour nous rendre à l'école, ensuite à la maison. J'aperçois Bennett et Sally à l'entrée de l'immeuble. Il m'ouvre la porte.

— C'est lui?, me demande Mhammad dans l'ascenseur.

— Qui, Oncle Mhammad?

Je pince mon cousin.

— M. Bennett ressemble à quelqu'un que ton oncle connaît, c'est tout, chéri.

L'ascenseur s'arrête au deuxième étage.

— Petit soleil, toi, tu tiens la porte de l'ascenseur pendant que nous transportons les sacs. As-tu les clés, Leila?

J'ai tellement hâte de me débarrasser de mon fardeau que je ne vérifie pas si quelque chose m'attend. Shams tarde à venir. Je retourne à l'ascenseur, suivie de mon cousin. Shams est debout au milieu du couloir, le regard posé sur une plante en pot qu'il tient entre les mains.

— C'était par terre!

— Il a été plus rapide que toi, me glisse Mhammad dans l'oreille.

Même bout de carton, même écriture. Cette fois-ci, je reconnais la plante. C'est de la sauge, la même variété qui pousse sur les flancs des collines en Palestine. Je lis l'étiquette, adossée au mur du corridor, pendant que Mhammad s'affaire dans la cuisine.

Salvia Sclarea
Plante aux grandes feuilles velues,
pétiolées à limbes larges et ovales.
Surnommée la toute-bonne, de son nom latin,
« celle qui sauve la vie »,
elle est aphrodisiaque, antidépressive, bactéricide,
digestive, tonique.
Ses vapeurs auraient le pouvoir d'augmenter
le désir sexuel.
À ne pas confondre avec la sauge officinale,
riche en thuyone,
dont une absorption trop élevée peut s'avérer toxique.

— Mhammad! Pour ton bain, ne te sers pas de la sauge qu'on a achetée.

— Pourquoi pas?

— Je crois que c'est toxique. Tiens, prends celle-ci.

— Mais il ne restera plus rien de ta pauvre plante.

— Je pense que je suis censée m'en servir.

Ail, romarin, thym et huile d'olive. Je m'occupe de l'assaisonnement de l'agneau, l'esprit ailleurs. Orange, anis, cannelle, miel, vin. De toutes les plantes, pourquoi la sauge ? Celle que nous avions passé tant d'après-midi à cueillir sur les flancs des montagnes à Ramallah et que nous répandions au soleil pour l'assécher ?

— Pour après l'accouchement. Tu te rétabliras plus vite.

Tu m'avais interdit d'infuser la sauge avec le thé quand j'étais enceinte, car elle aurait été nuisible au bébé. Mhammad sautille entre le comptoir et la table où il a étalé tous les ingrédients de son mélange magique, commentant ci, me montrant ça, blaguant en fouinant dans le garde-manger et les tiroirs. Je lui réponds quand il me pose des questions, ris lorsqu'il raconte une blague, hume les herbes qu'il ajoute, dont les feuilles tapissent déjà le plancher partout où mon cousin se déplace, mais tout est détaché de moi, de mon univers, comme si je me regardais faire, pendant que j'étais moi-même ailleurs.

— Tu es crevée, Cousine. Il te faut une bonne sieste.

— Je n'aime pas les siestes. Et l'agneau...

— Est en train de cuire. Et puis, Shams et moi, on a du rattrapage à faire, n'est-ce pas, petit soleil ?

Shams hoche la tête vigoureusement.

— Une douche, peut-être...

Sous l'eau, je perds la notion du temps. N'étaient les odeurs qui se sont mêlées à la vapeur, je ne serais pas sortie avant une heure. Mhammad a sans doute laissé s'évaporer la sauce à l'orange. Je repousse la porte de la salle de bain. Un nuage parfumé saille du corridor, se colle à ma peau, m'embuant les yeux d'agrumes piquants, d'herbes feutrées, de la fragrance caramélisée de l'ail rôti. Je suis les effluves jusqu'au salon. Shams et son oncle sont absorbés par une bande dessinée. Sur le sofa d'à côté, Samer manipule la télécommande.

— Bon après-midi, Leila.

— Salut! Bonne journée au bureau?

— Rien de neuf. Et toi? C'est la deuxième douche aujourd'hui.

— Longue journée. Ça m'a fait du bien.

— Tu ne m'avais pas dit qu'il était de retour, ton mari!, remarque Mhammad.

Samer me dévisage avec un regard culpabilisant.

— Je... Je voulais te faire la surprise. Pourquoi penses-tu que j'ai insisté pour que tu viennes manger avec nous?

— Bon, moi, j'ai faim et le repas est prêt!, déclare mon cousin.

— Moi aussi!, renchérit Shams.

Sur la table, un festin. Non seulement a-t-il terminé le repas en mon absence, Mhammad a aussi fait rôtir des patates douces, les agrémentant avec de la crème et de la sauge.

— Mais... je pensais que tu ne savais pas cuisiner, espèce de menteur!

— Non, j'ai dit, je n'ai pas la *patience* de cuisiner. Et Shams a été un excellent sous-chef.

Orange et romarin, romarin et orange, patates douces, douces saveurs, sauge dans le thé, sauge dans l'air : un souper comme je n'en ai pas encore eu à Londres. J'ouvre les fenêtres et entrebâille la porte de l'appartement. Va, vas-y, parfum, déploie tes ailes dans le couloir, rejoins celui qui t'a amené à moi. Après le dessert, Shams est allé se coucher. Samer, quant à lui, s'est retiré pour se reposer.

— C'est à moi pour une fois de te quitter, annonce Mhammad en fin de soirée. Tu m'accompagnes au métro?

Il fait déjà nuit. Nous nous baladons sur Boundaries Road en silence, heureux d'être ensemble. Devant la station, Mhammad sort un sachet de son sac à dos et me l'offre. Il est rempli d'herbes et attaché avec un ruban. Une tige de romarin arrangée comme une fleur dépasse du nœud.

— Le bain des mille parfums.

— C'est pour toi!

— Non, c'est pour toi. Tu vas le laisser dans le couloir.

— Je ne pense pas...

— Leila. N'aie pas peur, va jusqu'au bout.

— Tu ne sais pas ce que tu me demandes.

— Je ne suis pas idiot, Cousine. Je ne suis pas aveugle non plus. Tu cours, tu cours, au fond t'es pas mieux que la recluse du troisième étage.

— Tu te trompes!

— Vraiment?

Je lui tourne le dos. Il me tire par le coude et m'oblige à lui faire face.

— La vie t'appelle, réponds-lui, je te dis. C'est pas moi qui te jugerai.

— Tu ne sais rien, Mhammad.

— C'est ce que tu penses.

Il m'embrasse sur le front et descend l'escalier de la station. De retour à l'immeuble, je dépose le sachet dans le couloir comme je le lui ai promis et je m'installe au bureau. J'ouvre l'ordinateur, mais aussitôt l'éteins. Il me faut un carnet. J'en déniche un dans le tiroir, arrache les pages utilisées et je me mets à écrire. J'écrirai. Je nous écrirai. J'écrirai ceux que je connais et que je voudrais connaître. Je rêverai de ce que nous serions devenus si j'avais été plus courageuse et j'imaginerai l'inimaginable pour racheter la liberté. J'inscrirai mes désirs, mes peurs sur la surface grise de Londres, remplirai ma silhouette creuse d'autres vies et d'autres possibilités, de pertes et de renaissances. Quelque chose s'est réveillé.

Je suivrai la chaleur. Mhammad a raison. Le parfum m'invite. Je répondrai. C'est peut-être toi qui m'attends de l'autre côté.

Bennett

Le soir

Dernière bouchée dans l'assiette de Nour. J'abandonne les ustensiles et m'empare de la patate douce. Plus rien ne me séparera d'elle, pas le rideau, encore moins la fourchette. Je glisse ma main derrière le velours rouge. Et j'attends. Sa respiration est chaude sur mes doigts. Je patiente comme je l'ai fait les jours suivant la promenade à Wandsworth Common, chaque midi, devant le stand au coin de la station de Balham. Parfois, Georges, le vendeur de café, était libre, discutant longuement avec les clients, d'autres fois, il disparaissait parmi les effluves du café, débordé par les commandes pressées des journaliers voulant se rassasier avant la fin de l'heure du lunch. Moi, j'attendais. Sans doute croyait-il, au début, débusquer un client éphémère. Ensuite, il m'a pris pour un fidèle. Avec le temps, Georges a compris que son *espresso* n'avait rien à voir avec mes rendez-vous quotidiens devant son stand. Il a dû lire la frustration sur mon visage par une journée particulièrement pénible. Il m'a offert un allongé.

— Pour les longues attentes.

— Merci, Georges.

J'en ai demandé un deuxième et le lui ai offert. Avant qu'il ne puisse protester, j'ai cogné ma tasse contre la sienne.

— À défaut d'une bière.

— *Cheers*, alors!

— *Cheers.*

Dix jours à l'attendre. Dix jours à me soûler du café de Georges pour noyer ma déception. Le onzième jour, la silhouette de Nour est apparue parmi les piétons prenant d'assaut l'intersection de Balham High et de Chestnut Grove. Une chandelle vacillant entre des corps indifférents. Sa chemise noire enfilée dans une jupe longue de la même couleur lui donnait un air sévère que le foulard couleur crème noué serré accentuait. Elle brandissait son costume comme un bouclier, mais chaque pas fomentait le désir, le rêve, la volonté. Faisait-elle le deuil de son innocence? Nous nous étions déjà aimés à l'autel de Mahmoud Darwich, avions emprunté sa voix et ses mots pour arpenter le chemin des aveux.

— Bonne promenade, lui avait dit son mari le jour où nous avions partagé le deuil et nos mains s'étaient enfin touchées.

Où tracer la ligne de la fidélité? Au premier poème ou au premier baiser? Pour un instant, fugace comme une goutte de pluie, elle était Rita et j'étais le poète qui lui récitait l'amour.

Un amour qui va sur ses pieds de soie, heureux de son exil dans les rues. C'est un amour pauvre et partagé qui réduit le nombre de désespérés et hisse le trône des colombes sur les deux côtés.

Onze jours plus tard, Nour était face à moi, immobile, ses yeux illisibles, aussi opaques que le rideau qui nous sépare. Je voulais la toucher. J'avais tant besoin de la toucher. Tant d'années, si près et si loin d'elle, assez! Cette rencontre avait trop tardé. Je me suis approché. Hésitante, elle m'a laissé tout de même la serrer dans mes bras.

— Khaled?

— Il est à Oxford, pour une conférence.

— Merci d'être venue.

— Il faut qu'on parle.

Georges a offert à Nour un café, mais elle s'est contentée d'un verre d'eau. Son regard scrutait les alentours. Je lui ai proposé une balade.

— Pas à Wandsworth.

Je voulais la couver au sein de mon corps, l'emporter là où rien ne lui rappellerait son identité, là où nous n'avions de comptes à rendre qu'à nous-mêmes.

— As-tu du temps?

— Deux heures.

— Prenons le train à Wimbledon.

Je me suis assis face à Nour. Elle contemplait le paysage. Débarqués, nous avons traversé le carré central de Wimbledon Village, nous faufilant parmi la foule, les bistros et les petits commerces qui font battre le cœur du quartier. C'est un endroit qui invite à flâner, à prendre des petites pauses, à dévier des courses de la journée, mais ce jour-là, une seule femme existait, celle qui m'accompagnait, un seul lieu, le parc de l'autre côté de la colline, loin du brouhaha du village, un seul bruit, ses talons claquant contre le trottoir. D'abord vers le Polka Theatre, puis la butte de Wimbledon Hill, tout au long du chemin, nous avons marché en parallèle. J'ai accordé mon pas au sien, essayant de réduire l'écart qu'elle s'obstinait à maintenir entre nous. Elle me gardait à longueur de bras, alors que chaque fibre de mon être la revendiquait. Son regard ne décollait pas de l'horizon, son profil découpant le paysage. Les questions s'enchevêtraient dans les doutes, les doutes dans la frustration. Enfin, les cimes des arbres de Wimbledon Common ont émergé au bas de la colline, leurs troncs à peine visibles derrière une clairière s'étendant comme un vaste champ de blé. L'herbe divaguait tantôt à droite, tantôt à gauche, lançant des éclats dorés au gré du vent. Nour me précédait, des mèches de feu léchant le bord de sa jupe. Elle ne marchait plus. Elle flottait, le gazon se décousant et se recousant autour d'elle. Quelques pas, et nous atteindrions les zones boisées. Un peu de patience, et nous pourrions nous laisser aller. Dans quelques instants, nous serions à l'abri des esprits mesquins, nous attacherions nos aveux aux branches des arbres et coucherions des promesses sur la terre humide comme bien des amants avant nous. Dix ans j'ai attendu ce moment. Dix ans j'ai rêvé de la caresser. Dans mes tripes, je le savais, c'est partagé. Une fois dans l'ombre, elle s'est tournée vers moi.

À cet instant, le peu de résistance que j'avais en réserve s'est évaporé.

Je l'ai saisie, retirant fébrilement la chemise. Les boutons sont faits pour être défaits. Les jupes, pour s'affaler aux pieds, s'envoler au moindre souffle du vent. Sa peau sous mes doigts. Sa taille entre mes paumes. Mes mains le long de ses vertèbres, bas, plus bas, jusqu'à la naissance des fesses. J'ai relevé la jupe, découvrant ses jambes, filiformes et longues. Ses jambes dont j'ai imaginé la beauté sous la robe des années durant. Elles se sont révélées à moi, dans leur grâce, leur forme parfaite. Son corps s'est mis à la place de l'univers, bouchant l'horizon comme s'il n'y avait plus au monde que Nour. Elle m'a tenu à distance. Je l'ai serrée plus fort. Sa poitrine écrasée contre moi a débridé un désir sauvage. J'ai enlevé le foulard, défait son chignon. Une masse de cheveux noirs est tombée sur ses épaules. J'y ai plongé le visage, m'emparant de sa bouche. Ses mots muselés par mes baisers. Ses halètements étouffés.

— Il faut qu'on parle.

— Tantôt... Nous parlerons.

Je n'avais pas la moindre envie d'arrêter. Elle était là, avec moi. Et j'avais faim, tellement faim. Je voulais la dévorer, anéantir tout ce qui nous séparait, oublier les frontières, les barrières, nos attaches. Au diable son pays, et le mien. Nous n'étions plus au temps des métaphores, ni des catachrèses, ni des poèmes. Rien que la chair crue entre mes bras, la peau dénudée, caressée, frottée, froissée, possédée. Que les bombes tombent et l'hôpital s'écroule pour que mes mains ne palpent que son corps. J'aurais laissé libre cours à la mort. Qu'elle tue qui elle voudrait, qu'elle étale son malheur partout. Je m'en foutais tant que Nour m'appartenait.

— Bennett!, a-t-elle crié en me repoussant de toute sa force.

Je me suis repris, le cœur balançant lourdement d'un poumon à l'autre, mon membre tendu me cassant le dos. Je me suis appuyé sur un arbre. En levant les yeux, un regard ahuri m'a rencontré. Nour s'est éloignée prudemment, me surveillant comme on le fait d'une bête piégée. Ses cheveux défaits lui couvraient les tempes, jetant de l'ombre sur ses paupières. Elle s'est détournée de moi pour arranger ses vêtements, replaçant son foulard.

— Nour, je suis déso...

— Partons d'ici, partons!

Nous avons marché vers la station, le dos de Nour dressé face à moi, sa nuque raidie aplanissant les plis du foulard. Je voulais tant revoir son visage, y puiser un signe pour me dire que tout allait bien, retrouver la lueur tendre qui habitait ses yeux. De retour au village de Wimbledon, je l'ai attrapée par l'épaule.

— Nour, il faut qu'on parle.

— Vraiment!, a-t-elle lâché, en virevoltant vers moi.

Nous étions devant la terrasse du café Paul. J'ai tiré la première chaise sous la main.

— S'il te plaît...

Ses lèvres plissées, ses poings fermés.

— Que puis-je vous servir?

Un serveur est arrivé, deux verres d'eau sur le cabaret. J'ai commandé un café avant qu'elle ne puisse réagir.

— Et pour vous, madame?

Elle a hésité un bon moment avant de s'asseoir, tendue, prête à bondir.

— L'eau me suffit, merci.

J'ai cherché celle que j'aime dans l'étrangère.

— Je..., ai-je commencé.

— Je fais appel au docteur, a-t-elle coupé, le verre d'eau tournant entre les mains.

J'étais à court d'explications. J'aurais voulu exprimer ma honte, mais je n'avais pas honte de l'aimer, encore moins de la désirer.

— Pardonne-moi. Je me suis emporté.

Elle a baissé les yeux, la façade de colère tombée.

— Il vaut mieux que je parte, a-t-elle murmuré en repoussant la chaise.

Je l'ai retenue.

— Je t'en prie. Mangeons quelque chose. Et parlons.

La femme qui me regardait aurait pu me bombarder de reproches. Elle aurait pu me gifler, m'accuser de l'avoir agressée, et me planter là, me privant d'elle, de Shams, de ses livres et de ses poèmes. Tout aurait pu s'achever là.

— Parlons, a-t-elle décidé, enfin.

Et nous avons parlé. Elle, prenant de longues pauses, retenant sa respiration, chaque mot ouvrant des possibilités, en verrouillant d'autres, chaque silence, un condensé de craintes, d'inquiétudes, de scénarios aussi merveilleux que terribles.

— Tu me demandes de tout risquer.

— Tu as déjà tout risqué au moment où tu as quitté Gaza.

— Je lui dois beaucoup.

— Ce n'est pas une raison pour rester.

— Et Shams?

— Shams ne manquera jamais d'amour.

— À quoi tu t'attends, Bennett?

— Je ne m'attends pas à une déclaration d'amour. Pas tout de suite.

Sur cela, elle m'a accordé un sourire.

— Je ne m'attends pas non plus à ce que tu abandonnes ta famille. Je préserverai ce que tu as construit avec Khaled, ce que nous partageons aussi. Je ne te demande rien. Je voudrais simplement avoir la permission de t'aimer.

À 14 h, je l'ai accompagnée à la station. Elle poussait la porte tournante quand je l'ai reprise, berçant son visage entre mes mains. Dans ma bouche, j'ai tenu la sienne, son souffle frais. Sa bouche, ce lieu étonnant, paradoxal, celui de l'esprit, de la souveraineté, de la liberté, mais aussi celui de la parole que l'on donne et celui de la nourriture, de toutes les nourritures que l'on absorbe en soi. Sa bouche fut une grande révélation.

— J'y serai demain aussi, au comptoir de Georges.

Elle a reposé la tête sur mon épaule, le temps de prendre son souffle, et s'est glissée entre les vitres pivotantes de la porte. Nous nous sommes embrassés plusieurs fois par la suite, nous donnant rendez-vous au stand de Georges et nous évadant à Wimbledon pour nous aimer, mais ce baiser de septembre 2008 sera à jamais tatoué sur mon cœur. Pendant des semaines, nous étions deux amants cajolant notre secret, inventant un rituel pour le protéger : une heure de rendez-vous, un lieu pour s'aimer, un poème sous les saules pleureurs de Wimbledon, un repas au village et le baiser devant les portes pivotantes de la station. Un rituel pour éloigner la crainte, la souffrance, la culpabilité. Je le croyais éternel, infaillible. J'envisageais réinventer le rituel de l'amour avec Nour pour le reste de ma vie. Trois mois plus tard, c'était déjà fini.

Les bombardements ont commencé à 11 h 30 du matin, le 27 décembre 2008. À 13 h, j'avais déjà mon billet d'avion pour l'Égypte. J'ai écrit à Nour de l'aéroport :

Attends-moi, je reviendrai. Attends et tu verras, Gaza vivra, Layal marchera, la maison demeurera, le ciel de Londres se remplira de papillons, et nous porterons l'amour comme nous avons porté le pays. Nous combattrons la mort avec la vie. Notre secret, c'est notre liberté.

Au Caire, un représentant de l'UNRWA m'a conduit à la traversée de Rafah vers Gaza. Arrivé le soir, deux cents Palestiniens avaient déjà été tués. J'ai attendu de Nour une réponse qui n'est jamais venue. J'ai attendu, comme M. Toukan le parfum de sa femme. J'ai attendu alors que Gaza brûlait et que le cimetière se remplissait de bras et de jambes mutilés. Pas un signe. Trois semaines plus tard, la nouvelle et la bombe sont tombées.

15 janvier 2009 — Tragédie sur le pont de Wandsworth Common.

15 janvier 2009 — Les locaux de l'UNRWA bombardés.

Combien de fois le souvenir de notre dernier baiser m'a t-il hanté quand tout a basculé ? Combien d'heures à me remémorer l'hymne à l'amour de Darwich pour oublier l'horreur qui s'est accaparée de toi et du pays ? Combien de poèmes pour combattre la mort ?

Chaque fois que l'absence s'accomplit, je me présente... Le lointain se brise, la mort enlace la vie, et la vie enlace la mort... comme deux amants.

La mort nous a trompés. Ses bras étaient tellement longs que la mort nous a atteints des deux côtés du cœur, la même journée.

Je ne devais pas être à l'UNRWA, ce jour-là. Un convoi transférant des patients d'Al-Shifa avait été attaqué en route vers l'Égypte. Le personnel avait été convoqué au bureau central pour une réunion d'urgence. L'édifice était aussi bondé de réfugiés terrorisés venus à nos locaux en pensant que l'enseigne de l'ONU plaquée sur le toit les protégerait des drones. J'ai reçu la nouvelle du drame par Sally. Elle avait appelé au consulat, à l'hôpital et même à la clinique de Ramallah avant de m'attraper. Trois mots, c'est tout ce qu'elle avait d'abord prononcé.

— Il est mort.

Trois petits mots qui ont démoli mes rêves, mes espoirs, anéanti la lumière qui me guidait dans l'enfer qu'était devenue Gaza sous les bombes.

J'ai gardé le silence, comme si ce qu'elle avait dit arrêterait d'exister.

— Shams est tombé du pont. Il est mort.

Je tenais encore le cellulaire au moment de l'explosion. Il n'y avait eu aucun avertissement. Le bourdonnement d'un drone, le sifflement de la bombe. Des bruits qui, à Gaza, ne sortaient pas de l'ordinaire.

Un bruit qui s'empare d'un morceau d'univers et s'en va. Un bruit qui déchire l'espace et creuse comme une fosse dans la lumière.

L'onde de choc m'a projeté contre le mur. Le cellulaire a éclaté en mille morceaux, avant de disparaître dans une vague de poussière. Elle a avalé tout ce qui m'entourait, s'élevant jusqu'au ciel qui pour un instant avait été exposé. Soudain, la noirceur. Tout s'est arrêté. Le son, le mouvement, la respiration. Le silence, cristallin. Avant les cris, les sanglots et les gémissements, quelques secondes d'absolument rien. Un autre bruit, une autre bombe a éventré l'immeuble à côté. La panique s'est propagée parmi les survivants.

— Par ici!, a retenti la voix de Réna.

Des hommes masqués ont surgi d'un trou dans le mur. Ils nous ont guidés vers des tunnels sous l'édifice. J'ai contemplé la destruction, et le plancher jonché de corps.

— Il n'y a plus rien à faire. Ils sont morts, Bennett. Occupons-nous de ceux qui respirent encore.

Cachés dans les tunnels, sous les décombres, nous avons attendu, ne sachant pas si le vrombissement qui faisait trembler les murs était celui des chars militaires ou celui des voitures de secours. Les débris enfin écartés, douze heures plus tard, un déluge humain a jailli du tunnel.

— Les femmes et les enfants d'abord!

Les enfants sont partis, puis les femmes, les aînés et les hommes. Les collègues aussi. Ceux qui en avaient assez de risquer leur vie ont été évacués du côté du Caire, ceux qui s'entêtaient à poursuivre la mission ont été transportés à Ramallah sous la surveillance des soldats. La voix du secouriste, amplifiée par un haut-parleur, a résonné entre les murs du tunnel. J'ai regardé

Réna. Elle a mis le doigt sur les lèvres tout en reculant, un pas, deux, trois, sa silhouette fondant dans celles des hommes masqués.

— Elle est ici, la vraie bataille, a-t-elle dit.

Le cercle humain s'est fendu, la poussière s'est dégagée, s'ouvrant sur une ville souterraine, où le blocus n'existait pas. Elle m'a tendu la main. Et nous nous sommes enfoncés dans le tunnel. Des marchands trimbalaient des provisions, des ouvriers se relayaient des matériaux de construction, des femmes soignaient les souffrants, d'autres coordonnaient les opérations entre le haut et le bas. Réna et moi n'étions pas les seuls médecins. Plusieurs travaillaient dans la clandestinité depuis des semaines.

— Il y a beaucoup de blessés.

Combien de jours et de nuits sous les ruines de Gaza, hanté par le fantôme de Nour, hurlant jusqu'à perdre la voix ? Combien d'amputations dans le noir, de médicaments improvisés, de résistants cachés quand le séisme aplatissait le monde en haut et la terre s'écroulait sur nos têtes… ? Après le massacre, après le drame, je suis resté dans les tunnels, offrant mes mains de guérisseur, jusqu'au jour où le parfum m'a visité.

Certains disent qu'une bombe a incendié un jardin d'herbes, produisant un nuage d'arômes qui a recouvert la ville. Ceux qui sentaient le parfum voyaient du coup leurs démons se matérialiser : les soldats, leur violence, les colons, leurs crimes, les politiciens, leurs mensonges. D'autres disent que le parfum a émané de la terre, un volcan de tristesse et de colère relâché contre tout ce qu'on lui a infligé. Il a embaumé les tunnels, ressuscitant les morts, réveillant les cœurs, redonnant à la voix intérieure la parole. C'était pendant la nuit, les raids nous secouaient sans répit quand une odeur familière m'a appelé. Je l'ai suivie. Du coup, tout était calme et silencieux. Je n'entendais plus le tonnerre des bombes, je ne perdais plus mon équilibre à chaque secousse. L'odeur m'a dit: viens, il t'attend. Dans une grotte, gisait par terre un nid d'herbes brûlant lentement comme une chandelle. Elles dégageaient une fragrance que je n'avais pas sentie depuis longtemps, celle des encens de M. Toukan. Il était assis à son bureau, les livres éparpillés autour de lui.

— Que fais-tu ici, Robin?

— Je fais mon possible, M. Toukan.

— Et pour qui le fais-tu?

— Pour le pays, pour Nour, pour vous.

— Je ne t'ai rien demandé. La poésie m'a toujours suffi. Que fais-tu ici, Robin? Tu lui as promis de revenir.

— La guerre n'a pas de limites, M. Toukan. Ses horreurs ont balayé mes promesses.

— Tu lui as dit de patienter, de faire de votre secret sa liberté. Nour a vécu dans l'ombre de trop de murs et de barrières pour se satisfaire du pacte que tu lui as proposé. Tu l'as entraînée dans ton rêve. Elle a cherché la lumière, mais c'est la tempête qui l'attendait. Que fais-tu ici, Robin? La bataille n'est pas seulement dans les tunnels.

Les herbes se fanent, les paysages disparaissent, les édifices s'écroulent, les enfants meurent, seul perdure le parfum. Sois humain avant d'être médecin.

◆

Me voilà revenu, M. Toukan. Le parfum de Nour est derrière le rideau. Elle a mangé les patates douces à la sauge et à la menthe, mais son arôme est encore faible. Je prends l'assiette vide et me dirige vers la cuisine. Un sachet attaché par un ruban blanc est placé près du poêle, orné d'une tige de romarin. Où l'a-t-elle pris ? Est-ce possible ? Est-elle sortie de l'appartement ? Je l'ouvre, libérant les odeurs : sauge, origan, menthe, camomille, romarin... Tout pour ranimer le parfum de Nour avant qu'il ne soit trop tard. Je prends le sachet et doucement, je tire le rideau. Nour aussitôt le referme, fleur qui retranche ses pétales du monde dès qu'on la touche. En voulant l'ouvrir, j'ai fait un pas de trop, le sachet tombe, éparpillant les herbes sur le plancher. Soudain, j'entends M. Toukan me parler à travers les arômes :

— Il en manque une, Robin. L'herbe la plus puissante. Celle du sacrifice, l'offrande aux dieux.

Je fixe le rideau. Pour un instant, j'entrevois les yeux de Nour. Ces pupilles brunes qui s'agrandissaient lorsque je l'embrassais, et qui, lors de l'amour, se cachaient. Ouvre-les, Nour, regarde-moi t'aimer. Plus besoin de fermer les yeux, plus besoin de te séquestrer en toi pour déterrer la passion. Elle est là, collée à ta peau, filant de tes cils, sifflée de tes lèvres, vibrant dans tes dents, chatouillant les bouts de tes doigts.

— C'est tellement bon de t'aimer, lui chuchotais-je entre deux soupirs.

— C'est tellement bon d'être aimée.

Combien ces instants sont fugitifs... Ils sont aussi forts et laissent des traces, ou mieux, des sillons dans lesquels le reste de la vie tend à se couler. Ces instants, aucun rideau ou mur ne pourra les effacer.

Je glisse la main sur le matelas, franchissant lentement la barrière veloutée. J'attendrai. Une heure, deux heures, peut-être plus, comme l'encens qui brûle, une cendre à la fois. Je patienterai des jours s'il le faut, comme les paupières qui attendent le baiser. Sa main derrière le rideau se referme tout à coup sur mon poignet. Elle me guide vers ses lèvres, soie au bout de mes doigts. Elle baisse le visage, couchant sa joue dans ma paume. Je caresse sa paupière gauche, retrace la courbe de son sourcil avec le pouce. Elle se tourne légèrement, m'offrant le lobe de son oreille. J'hésite.

— Ici.

Elle est brisée d'avoir perdu l'usage des mots. Je la reconnais malgré l'épaisseur du rideau. Je reconnais le timbre feutré du luth, le pincement doux de ses cordes lorsqu'elle récitait ses poèmes préférés. Sous les sédiments de silence résonne la voix de Nour. Ses doigts entrelacent les miens, les dirigeant vers sa nuque. Je les noie dans ses cheveux, peignant les mèches, déliant les nœuds, me laissant porter par le flux et reflux des ondes noires. Je cherche son épaule, écarte lentement le col de sa chemise. Cette épaule, ronde, polie comme une pierre par la mer, derrière laquelle je voyais autrefois les étagères remplies de livres de sa bibliothèque. Nous nous aimions dans un univers de conteurs et de philosophes. Face à la bibliothèque, nous comptions les moments volés.

— Dis-moi quoi faire, Nour, pour te sortir de là.

Un soupir profond s'échappe du rideau.

Je l'ai vue deux fois pleurer. Une dans mes rêves, l'autre dans mes bras. La première fois, je lui avais fait une déclaration d'amour. Elle avait pleuré doucement en signe d'acquiescement. La dernière fois, je l'avais déjà aimée, plusieurs beaux jours de l'automne. Nous avions trouvé notre saule pleureur à Wimbledon. Dans un moment de lucidité, elle m'avait dit:

— Tu le sais. Il faut le lui dire, n'est-ce pas?

À peine avait-elle entendu le oui glisser de ma bouche qu'elle s'est effondrée en larmes. Ces larmes chaudes, je les ai cachées dans mon coffre secret. Je les ai gardées pour chaque fois que Nour retient un sanglot et exhale un poème. Je les ai sauvées afin qu'elle puisse pleurer de nouveau dans mes bras. Je les réserve aussi pour les moments de joie que nous ravirons un jour au sort, pour les promesses faites et les espoirs qui attendent.

— Chez moi, tu peux pleurer, soufflé-je, sa joue toujours endormie dans ma paume.

Ses doigts s'attachent à ma main, l'entraînent sur sa gorge, vers le bas, la pressant fort contre sa poitrine.

— Il est mort, murmure-t-elle.

— Il est ici, je réponds, en appuyant ma main contre son cœur.

— Mon cœur est mort.

— Non. Il bat.

Et jaillissent de moi son nom et tous les mots étouffés depuis des mois.

— Nour, Nour, Nour! J'aurais voulu que tu sois partout sauf ici. J'aurais tout donné pour être auprès de toi. Le médecin aurait était simple humain. Nour, ne t'en fais pas. C'est une prédatrice méthodique, la mort. L'odeur du bonheur la sort de sa tanière. Elle rôde. Elle épie. Elle encercle pour mieux piéger. Sa proie est bien plus savoureuse quand elle jouit. Alors elle attend. Elle attend de renifler la joie. Combien de fois l'ai-je surprise, un patient sous la patte? Combien de fois l'ai-je chassée, seulement pour la retrouver se léchant le museau au bord de la fenêtre? Shams courait après le papillon, les bras levés au ciel, les perles brillant dans la lumière du jour. Il était si heureux lorsque le papillon a atterri dans sa paume que la mort a bondi comme un tigre affamé. C'est une amante possessive, la mort. J'ai eu tort de la contrarier. Si tu savais, mon amour, combien elle m'effraie. Je ne connaissais pas le deuil. Non, je ne le connaissais pas avant de t'aimer. Je fais notre deuil chaque nuit, dans mes rêves, je meurs, tu meurs et nous nous aimons mille fois de suite pour mourir de nouveau. Est-ce le propre de l'amour de côtoyer la mort ? D'être cannibale ? J'ai su que je t'aimais la fois où j'ai rêvé de la mort, et j'ai crié ton nom. « Tu mourras avant elle ou tu feras le deuil, seul, dans le noir, enterré. Tu aimeras et ton amour sera cannibale. Une histoire comme la vôtre ne peut que se dévorer. Vivre dans mon ombre, à moi, la Mort, et périr dans mes draps. » C'est le pacte que j'ai signé. Nour, ce n'est pas de ta faute. Elle a su qui choisir, la mort, pour assouvir sa jalousie. Si la peur de t'aimer dans la lumière ne m'avait pas éloigné... Si, si, si. Les gens du pays disent : « Si n'a jamais rien construit. » Alors ne te demande pas si. Et ne cherche pas qui. N'est coupable que ce médecin résigné à savonner le tapis, alors que tu t'éteins doucement derrière ce rideau !

Je pose mon front sur ses cuisses. Elle enlace ses doigts dans mes mèches. Un soupir de soulagement s'échappe de mes lèvres. La douleur enfin apaisée. Je me presse contre son ventre, et récite la prière de son poète :

— *J'ai reçu ton amour avec le pain et je ne me soucie guère de mon sort tant qu'il se tient à tes côtés. Je suis à toi. Mon eau est à ton eau, mon sel, à ton sel et mon nom, identique au tien.*

Nour s'étend sur le lit. Je me lève lentement, et je traverse le rideau.

Leila

Dimanche, 15 novembre 2009

Debout depuis l'aube. Je range et me prépare pour courir. Une heure plus tard, le désordre de la semaine est réduit à quelques sacs à ordure. Je sors avec Shams qui participe ce dimanche à une excursion à Ufton Court, organisée par le club élisabéthain de son école. Je m'arrête d'abord derrière l'immeuble pour déposer les sacs. Par mégarde, je jette les clés dans le conteneur avec la poubelle.

C'est l'une de ces matinées glaciales et je ne porte pas de manteau. Pire, je n'ai pas apporté le portefeuille, et pour une fois, j'ai laissé le cellulaire à la maison, pour courir plus légère. J'essaie de grimper dans le conteneur, mais il est beaucoup trop haut. Je décide d'abord d'amener Shams à son rendez-vous. Sur le chemin du retour, des plans A, B, C, D prennent forme dans ma tête. N'importe quel stratagème m'aurait dépannée, si ce n'était pas la journée où personne ne se lève tôt et rien n'ouvre avant 11 h, et si Samer ne m'avait pas avertie qu'il prenait le train ce matin pour sa conférence à Oxford demain. Le froid pénètre déjà ma veste et maraude le long de mes veines. Mes ongles sont bleuâtres et mes jointures craquètent. Ne paniquons pas. Bennett sera à l'entrée et il me sauvera. Mais puisque aujourd'hui tout va de travers, Bennett n'est pas là !

Je sonne à tous les appartements de l'immeuble, même le 12. Silence. Je sonne une deuxième fois. Toujours pas de réponse. Soudain, le haut-parleur grésille.

— *Hello? Who is it?*

Je n'ai jamais été si heureuse d'entendre la voix de Sally.

— Bon matin, Sally. C'est votre voisine du 11, Leila.

— Oui ?

— Je suis vraiment désolée de vous déranger, mais je suis mal prise.

— Oui ? répète-t-elle d'un ton à la fois curieux et méfiant.

— J'ai lancé les clés de la maison par erreur dans le conteneur à déchets et je n'arrive pas à les sortir.

Longue pause.

— Vous êtes dans le pétrin, en effet.

La porte de l'entrée se déverrouille. Je monte au premier étage, où Sally m'attend au fond du couloir.

— Vous n'avez pas de manteau ?

— Comme vous l'avez dit, je suis dans le pétrin. Euh... Pourrais-je utiliser votre téléphone ?

— Entrez.

L'appartement de Sally ressemble à un cadeau bien emballé. Petit, carré, et placardé de patrons décoratifs. On peut voir l'appartement en entier sans se déplacer, sauf la chambre à coucher, dont la porte est fermée. Des tapis de toutes sortes aux couleurs fanées revêtent le plancher et les murs sont recouverts de papier peint aux coins décollés. Une odeur artificielle de vaporisateur rafraîchissant plane dans l'air. La cuisinette semble avoir vieilli avec Sally. Les armoires n'ont sûrement pas été repeintes ou vernies depuis la construction de l'immeuble et le comptoir, aussi propre soit-il, porte les cicatrices de chaudrons chauds posés trop souvent sur sa surface. Et pourtant...

Là où d'autres auraient mis dans leur salon deux canapés et des tables à café, Sally a posé un arrangement de plantes bien en santé et un fauteuil de lecture en cuir, et là où on se serait attendu à trouver une télévision surmontée d'une antenne en oreilles de lapin, se tient une étagère remplie de disques vinyle côtoyant une magnifique table tournante. Et là où une table à dîner aurait comblé le vide entre la cuisine et le salon, rayonne au centre de l'appartement un piano.

— Un piano ! Vous jouez ?

— Non. J'écoute.

Elle m'apporte le téléphone. Coup de fil à Samer, puis à Mhammad. Peine perdue. Samer vient d'arriver à Oxford. Le prochain train ne partira pas avant deux heures et en prendra une de plus pour rentrer en gare à Londres. Mon cousin, faisant sans doute la grasse matinée, ne répond pas. Je cherche Sally, mais elle a disparu. Seule au salon, je m'assois au piano, jouant des harmonies, les brisant en arpèges mélodieux, parcourant le clavier. Je tombe sur une tierce qui évoque le début de *Claire de lune* de Debussy. Je me laisse aller. Je n'ai plus froid à présent, une flamme chavire sous mes doigts, son feu m'enrobant les bras et le reste du corps. Plus j'avance, plus la musique me possède. À la dernière note, une main tendue vers la boîte de mouchoirs. Je me retourne. Des larmes filent sur les joues de Sally.

— *How lovely...* Je ne savais pas que vous jouiez.

— J'étais musicienne dans une autre vie.

— Au Canada ?

Une lumière brille dans ses yeux, comme ceux de Shams lorsqu'il fait une belle découverte. Son visage a rajeuni d'une décennie.

— Peut-être..., commence-t-elle, d'une petite voix, mais s'interrompt brusquement. Non, *first things first*. Sortons vos clés.

— Comment ?

— Dans mon temps libre, je me porte volontaire pour l'entretien de Wandsworth Common. La municipalité m'a fourni une pince pour ramasser les ordures.

Elle me tend l'outil appuyé contre le fauteuil.

— Vous êtes un ange!

Je me précipite vers le conteneur. Après quelques manœuvres maladroites, la pince agrippe le porte-clés. Je sonne de nouveau chez Sally.

— Je ne pourrai jamais assez vous remercier. Vous m'avez sauvée! Que diriez-vous d'un thé à la menthe?

— Oh. C'est gentil, mais une autre fois peut-être.

Elle a soudain la mine fatiguée.

— Une autre fois alors.

— En fin de compte, lance-t-elle tout à coup, alors que je pousse le pare-feu. Vous pourrez peut-être m'aider.

— Avec plaisir!

— Je connais un pianiste qui a émigré au Canada pour poursuivre sa carrière d'interprète. Vous en avez peut-être entendu parler, puisque vous êtes musicienne.

— C'est possible. Comment s'appelle-t-il?

— Svet, Svetoslav Vizaryne. Il est Bulgare.

— Mmm. Savez-vous dans quelle ville il s'est installé?

— Montréal, je crois. Vous connaissez certainement des gens, des journalistes comme vous, je veux dire, qui en sauraient plus?

— Oui, tout à fait. Je pourrais me renseigner.

— Je voudrais seulement avoir de ses nouvelles.

— Vous vous connaissiez bien?

— Très bien. Il jouait à St Mary's, l'église sur Balham High. Je l'écoutais toutes les semaines. Il accompagnait le chœur, et donnait des récitals le dimanche. Le piano, je l'ai acheté à l'église après son départ.

Elle rentre et revient avec le nom du pianiste inscrit sur un bout de papier.

— Merci. Les lettres... Les lettres que vous recevez, me risqué-je, choisissant bien mes mots pour ne pas lui révéler que j'ai remarqué la notice «RETURN TO SENDER» dans la pile de courrier. Si vous avez une adresse pour Svet, même si elle date, ça pourrait me donner un point de départ.

— Oui... Bien sûr.

Quand je pense à tous les jours que j'ai passés à attendre un coup de fil ou une lettre de toi. Quand je pense à la crainte qui me montait à la gorge lorsque de mauvaises nouvelles arrivaient de Gaza, je voudrais prendre Sally dans mes bras. Qui l'aurait cru? La voyant si fragile, le cœur battant au va-et-vient d'une rumeur, suivant son écho, aussi éphémère soit-il. Et toutes ces lettres lancées au vent. Je me demande si j'ai bien fait de lui offrir mon aide. Dans son regard, j'ai vu le mien. Celui de la femme amoureuse. Montréal après Ramallah. Montréal avant Londres. Montréal, la ville qui m'a menée à toi et qui m'en a éloignée. Montréal qui a fait de l'amante une mère et de la mère une amante.

Septembre 1999, plus de dix ans déjà. Shams n'avait que 6 mois. Nous ne nous étions pas vus depuis février. J'ai reçu le message la veille du rendez-vous : «Je suis de retour. Rendez-vous au Lac-Caché.» Deux ou trois lignes, pas plus. L'heure, le jour, l'adresse. Nous aimer dans un pays en guerre, sous la surveillance des caméras et d'adolescents-soldats, nous a appris à tout dire sans rien dire, écrire à la main nos promesses et nos poèmes et les froisser après les avoir lus. Et voilà que tu m'écrivais comme si nous étions encore sous la loupe des collègues et des autorités. Libérés de la violence de l'occupation, nous étions soumis à la violence de la culpabilité. J'aurais dû m'indigner, supprimer ta missive, mais la joie de lire ton nom, affiché en gras, et le soulagement de te savoir dans le même pays ont éclipsé la colère.

Deux amants sur une terre nordique. Toi, le médecin et l'autre homme, celui qui se détend avec un whisky et une pièce pour violon et piano avant de dormir, qui aime les promenades matinales. Moi, la documentariste et l'épouse. L'une, qui avance, toute prudence, la maman, la femme de maison, celle du thym dans l'huile d'olive, des biberons et des bols de céréales, du chien à promener avant la fin de Caillou. L'autre, la moitié qui s'est échappée, l'amante révoltée qui se cache derrière les documentaires. Parfois je me demande ce qui serait arrivé si je n'avais jamais eu de tes nouvelles, et d'autres fois je me demande ce que j'aurais dit et ce que j'aurais fait si j'avais su d'avance que ce jour de novembre 2008, au bord du lac, serait le dernier, et que la labradorite que tu m'avais offerte serait ta dernière lettre.

◆

De retour à l'appartement, je me poste devant l'ordinateur. Des courriels et des appels aux collègues et à d'anciennes connaissances en musique. Je parcours les moteurs de recherche sur Internet pour des liens mentionnant le nom Svet Vizaryne. En vain. Je suis tellement prise par mon enquête que je ne vois pas le temps passer. C'est déjà l'après-midi. Des heures se sont écoulées et je ne sais pas plus qui est ce mystérieux Svet. Comment peut-on être pianiste célèbre sans avoir laissé la moindre trace? Découragée, je me change, rajoutant des pelures pour chasser le froid, et je vais récupérer Shams.

À l'heure du repas, l'ambiance est relativement détendue, mais je ne suis qu'à moitié présente, comme je le suis de moins en moins ces jours-ci.

— Leila! Quel temps fait-il chez vous?

C'est la formule préférée de Samer. C'est pour me signaler qu'il exige mon attention. Parfois je réponds, «ni froid ni chaud, comme chez vous», et d'autres fois, par pure provocation, je réplique «il fait toujours beau sur la lune», à quoi il rétorque tout aussi vite «nous sommes aussi sur la lune». Je sens le plafond baisser au-dessus de moi. Il n'empêche que je le frustre beaucoup plus souvent que le contraire. Je le sais, je le regrette, d'autant plus que je n'y peux rien. Durant ces moments, son exaspération est telle qu'elle se généralise à l'échelle de l'humanité. Il me lance alors sa fameuse question: «Dis, Leila, fais-tu partie de l'espèce humaine?»

— As-tu l'heure?, demandé-je abruptement.

— Il est 18h, pourquoi?

— Je vais aller courir. J'ai besoin de me changer les idées.

Sur le trottoir, les gens vaquent à leur magasinage, profitant des heures d'ouverture prolongées avant Noël. L'achalandage m'étouffe. Je laisse tomber le parcours habituel et je monte dans le train vers Wimbledon Common. Le parc est très peu aménagé. La nature empiète sur les quelques terrains entretenus, les arbres étendent leurs branches sans contraintes et les sentiers asphaltés sont rares. De vastes clairières s'inclinent devant des aires boisées où l'on peut surprendre par endroits un renard ou un cerf. La première fois que je l'ai visité, j'ai suivi un ruisseau si loin dans la forêt que mon cellulaire a perdu le signal. J'ai tourné en rond pendant plus d'une heure avant d'aboutir de l'autre côté du parc. Il est facile d'oublier que la forêt débouche sur le terrain de tennis le plus célèbre de Londres et que des milliers de gens se ruent du matin au soir vers la station de train qui la borde. Ses zones d'ombre sont tellement amples que les bruits des hommes et des machines meurent accrochés aux feuilles des saules pleureurs. Je peux courir pendant des kilomètres avec pour seule musique le chant des oiseaux et le son de mes pas. Je ne suis jamais revenue à Wimbledon. Pas parce que je m'y étais égarée, au contraire. Savoir qu'il existe dans la ville un lieu où je pourrais disparaître me rassure. Ce parc reste dans ma poche comme une sortie d'urgence. Si un jour tout devenait beaucoup trop pénible, je saurais où me sauver. Je pourrais à tout moment me dissoudre dans la nature comme le renard, tomber sur un sentier vierge par un détour imprévu et ne jamais émerger.

♦

20 h. Il fait déjà noir. Boundaries Road est calme. En insérant les clés dans la serrure de l'entrée, j'entends un bruit venant du jardin.

— Sally !

Elle est en train de tailler les plantes. Encore.

— Que faites-vous dans l'obscurité ?

— Le rosier ici, il poussera au printemps dans toutes les directions si je ne m'en occupe pas.

Elle se lève en appuyant les bras sur ses genoux.

— Je me demande si...

La question que je craignais.

— Si j'ai des nouvelles à propos de Svet ?

Ce jardinage de nuit n'a rien d'anodin.

— J'ai commencé mes recherches, mais il faut être patient.

— Oui, bien sûr.

Elle se remet à son taillage.

— C'est un peu tard pour faire cela, non ?

— Oh. Mieux vaut le faire maintenant.

— Pourquoi ne pas laisser les plantes pousser comme elles le veulent ?

— Pour que de nouvelles branches poussent, il faut en couper d'autres, n'est-ce pas ?

Elle ne parle pas seulement du rosier.

— À propos de Svet, je ne lâcherai pas, Sally. Ne vous inquiétez pas.

Elle soupire.

— Laissez tomber. Il n'y a sûrement rien à trouver.

Elle se relève pour être à ma hauteur, mais son regard va au loin.

— Je vous dois des excuses, Leila. Je n'aurais jamais dû vous importuner avec cette quête futile. Svet était... Il était sans abri et sans papiers. Un réfugié des pays communistes. L'église l'a accueilli, lui a offert un lit et des repas pour ses talents de pianiste. Pour moi, il a été un ami, et... un compagnon. Il a rempli ma vie de musique, m'a donné une raison d'être. Un jour, il m'a annoncé qu'un conservatoire de musique au Canada lui proposait une résidence comme artiste invité. Il était doué, vraiment doué, Leila, mais il n'avait pas un sou. Si vous aviez été à ma place, qu'auriez-vous fait ? N'est-ce pas ridicule qu'un grand talent ne soit pas reconnu juste parce qu'il n'a pas l'argent pour se rendre au Canada ? Vous savez, l'argent ne m'est pas très utile. J'ai un appartement, un jardin... Svet a comblé un vide que tout l'argent du monde ne pouvait combler. Je l'ai aidé et il est parti, mais... n'a jamais redonné de nouvelles.

Elle tourne une rose morte entre ses doigts, les yeux mouillés. Je lui caresse l'épaule.

— Je sais ce que c'est de ne pas savoir, Sally. Pour le mieux ou le pire, vous saurez ce qui lui est arrivé.

Je monte l'escalier la mine battue, résignée à voir la journée se terminer sur une note triste. Deux semaines depuis le parfum. Les odeurs qui ont chambardé mes jours et mes nuits, pourquoi ne seraient-elles pas tout aussi illusoires que le pianiste de Sally? À l'étage, la lumière scintille. Je pousse le pare-feu dans l'obscurité. Tout à coup, le courant se rétablit, révélant dans le couloir une herbe mise en pot avec une étiquette attachée à sa tige comme un collier:

Thymus vulgaris
Herbe vénérée par les Grecs
pour sa capacité de relier le monde des hommes
et des divinités.
Consacré à Aphrodite, la déesse de l'amour,
dès l'Antiquité,
le thym fournit l'aliment des sacrifices
les plus anciens.

◆

— Que fais-tu?

Samer sort de la chambre, alors que je passe le pot de thym sous l'eau.

— Comme tu vois. Je l'ai pris au Sainsbury's.

— Je ne savais pas qu'on y vendait des herbes en pot, remarque-t-il.

Samer se met à compter les plantes au bord de la fenêtre.

— Ça fait beaucoup. Vas-tu vraiment t'en servir?

— Je m'en sers déjà.

Il s'approche de moi pendant que je m'essuie les mains, glissant les doigts dans le col de mon chandail, sur ma nuque.

— Es-tu de meilleure humeur après la course?

Je me retiens pour ne pas les arracher.

— Un peu mieux, merci.

— Donc, tu viens...?

Je roule lentement les épaules et bascule la tête à droite, puis à gauche, feignant de m'étirer, ce qui l'oblige à retirer sa main de mon dos.

— Je voudrais travailler un peu.

Il me scrute avec cette acuité des jours où je revenais de mes rendez-vous avec toi.

— Sur quoi travailles-tu exactement? Je ne te vois pas éditer les vidéos et les images de la Palestine. Tu te promènes avec un carnet comme si tu étais encore là-bas. Tu n'écrivais pas autant pour les autres documentaires. Et quand tu n'es pas dans tes livres, tu cours. Tu reviens ou bien fatiguée, ou bien de méchante humeur, comme si tu regrettais d'être rentrée.

Il a raison. Les retours ont toujours été si difficiles. Après nos rendez-vous, mon corps s'étendait jusqu'à la déchirure, refusant de me suivre, protestant et criant. Je ne bouge pas d'ici ! Va-t'en ! Occupe-toi de tes responsabilités, mais laisse-moi ici. Durant ces moments, je rêvais d'être un homme, pour te pénétrer et glisser en toi, pour me cacher dans ton corps. Ce corps solide, généreux, ne pouvait-il pas héberger un autre corps ?

— Je reviens sur mes notes de terrain, c'est tout. Je suis désolée, c'est plus fort que moi.

Il soupire.

— Bonne nuit, alors.

— Bonne nuit.

Je reprends l'étiquette qui accompagne le thym. Dieux, amour, sacrifices... Je coupe quelques rameaux de thym, les attache en bouquet et les place sur le feu du poêle. Les feuilles se recroquevillent sur elles-mêmes, leurs pointes s'effritant au fur et à mesure qu'elles se froissent, perçant l'air d'un fil blanc, se tordant et se retordant comme une fleur prise dans le tourbillon du vent. Une odeur d'épices bourgeonne des cendres du thym, collante et veloutée comme du nectar sur mon visage. Une révélation se manifeste à travers la fumée, un mensonge qui n'est pas un mensonge, vérité du cœur si elle n'est pas vérité. Je me mets à la transcrire avant qu'elle ne disparaisse.

◆

Samer dort déjà depuis deux heures quand je vais à mon tour au lit. Il est passé minuit, mais le sommeil ne vient pas. Je prends le premier roman sous ma main. Je voudrais plonger dans une autre vie, sans détours, me faire enlever par une phrase furtive, anéantir le vacillement de mon âme par des éclats de mots combustibles. Je lis des passages sans ordre, tantôt du début, tantôt de la fin, tombant par hasard sur des paragraphes écrasés entre des centaines de pages, surprenant des personnages en plein délit. À la vingtième ligne du dernier paragraphe de la page 120, tu apparais. Une version brute de toi, coureur des bois avant de courir les villes, trappeur de gibier avant d'attraper les cœurs, possesseur de corps et avare de mots avant de posséder la maladie et de prescrire la poésie. Je m'enfuis dans les plis des draps et les plumes de l'oreiller.

Je me tourne pour m'étendre sur le côté, comme la femme du roman. Je t'offre mon dos et clos les paupières, comme la femme du roman. Je t'écoute me parler doucement, apaiser ma nervosité, me dire, «je vais t'aimer comme personne ne t'a aimée», comme la femme du roman, et je suis à la fois surprise et excitée, comme la femme du roman. Elle a dit: je ne savais pas que c'était possible, comme je l'ai dit. Elle lui a demandé si c'était douloureux, comme je te l'ai demandé. Elle l'a supplié d'y aller tendrement, comme je t'ai supplié. Le moment venu, tu t'es inséré telle une lame de lune dans la pénombre.

Je me suis tordu le bras derrière le dos et l'ai accroché à ta jambe, enfonçant les ongles dans ta cuisse. La sodomie est si violente, même enrobée d'amour. J'ai lâché une plainte grave et profonde, que j'ai étouffée dans l'oreiller. Spasmes de douleur, de peur, de désir, d'abandon pulsant dans ma paume. Je l'ai agrafée à ta cuisse, froissant sans retenue ta peau. Tu m'envahissais dans mes lieux interdits. Non, tu m'ouvrais. C'est ce que disaient les conquérants du territoire conquis. Maalouf me l'a appris. Toi qui m'avais conseillé de le lire pour mieux comprendre les Croisés et la Palestine. Tu m'as prise comme Tariq a pris l'Espagne, déchirant le canal andalou et brûlant les navires du retour. Il l'a pénétrée par le dos de sa péninsule. De sa transgression est née une civilisation.

Tu t'es glissé, glissé, te moulant contre mes muscles. Accablés de sentiment, ils se sont écartés comme les falaises, des falaises écartées par les courants d'eau. Lave, incinérant de lave le creux de mon dos, se frayant lentement un chemin de feu, du feu cheminant entre mes reins, s'étalant dans mon corps fondu, filant à travers mes hanches et ma taille et mon ventre jusqu'à noyer ma tête de sentiment. La douleur, ce n'est qu'un excès de sentiment. Libérée, elle est purification, soulagement. La douleur se terre là où les blessures ont laissé de grands trous. Je suis perforée de trous. Trous de mémoire, trous d'amour, trous vides, envahis par les démons. J'aurais voulu que tu me violes pour me libérer, libérer les démons qui habitent mes trous. Affranchi, le bas du dos se décontracte. Les plaintes se taisent, le ventre s'accordant au rythme des soupirs. Ma résistance dissipée, tes mouvements se sont intensifiés. J'ai relâché enfin ta cuisse et j'ai crié, crié !

Le livre tombe par terre, m'arrachant à ses pages, m'abandonnant sur les draps mouillés de sueur. Je me lève, l'écho du cri rebondissant dans mon oreille, le cœur exalté, courant après ses battements, les mains tâtant les alentours, à droite, à gauche, dans la noirceur. Un souffle chaud et le ronronnement régulier calé sur le rythme du sommeil. Samer. Est-ce lui qui a éteint la lampe ? M'a-t-il sentie me morfondre sous la couverture ? M'a-t-il entendue gémir ? Et si j'avais prononcé ton nom sans le savoir ? Mon cœur se serre un instant face à la crainte. Je l'observe. Il porte les traits enfantins du sommeil profond. L'heure sur l'écran de l'iPhone indique 3 h. Je ramasse *L'amant de Lady Chatterley* et le replace sur la table de chevet.

Je meurs de soif, mais le verre d'eau est vide. Je sors du lit et ouvre la porte de la chambre. Il est ici, comme un cambrioleur surpris par la lumière. Un parfum intense sature l'air, recouvrant le mur, vernissant le bois sous mes orteils. Je referme la porte derrière moi et ouvre celle de l'appartement. L'éclairage automatique qui est censé s'allumer au moindre mouvement ne fonctionne pas. J'avance, pieds nus, à l'aveuglette, tâtonnant dans le couloir, suivant le parfum, jusqu'au pare-feu. En le tirant, la lumière des escaliers clignote. Je monte au troisième étage, là où la recluse habite. Je n'ai jamais été là-haut, découragée par Sally qui, dès notre première rencontre, a circonscrit l'espace. Le parfum est plus vif devant la porte de l'appartement 12. L'air qui s'en échappe m'est familier. Sa texture épicée, sa température modérée. Il goûte les ragoûts de Layal, la femme qui m'a tant appris en Palestine, celle qui devait être au cœur de mon documentaire, comme tu l'avais prédit le jour où elle nous a accueillis dans sa maison. Layal avait redoré mon prénom d'espoir alors que je l'ai toujours associé à la nuit et à l'obscurité.

— Ce n'est que dans la nuit que brillent les étoiles, nous a-t-elle dit.

Te souviens-tu ?

— Mais vous avez choisi pour votre nièce, Nour, le contraire de votre nom, ai-je répondu, pendant que tu lui massais les pieds.

La mère de Nour a péri en route vers l'hôpital. Bloquée par les soldats bien qu'elle hurlait de douleur. Elle a dû accoucher dans la voiture. Le pire est arrivé, une complication, une hémorragie, et la mort. Survenue alors que Nour prenait à peine son premier souffle.

— Elle est née dans la nuit, pendant la guerre, a raconté Layal. Elle est née de la mort, envahie par la haine. Je l'ai nommée Nour pour qu'elle éclaire la nuit des hommes et qu'elle leur montre la voie. Je l'ai nommée lumière parce qu'elle est la lueur qui donne à mon nom, et le tien, son sens et sa valeur. Layal ce n'est qu'une autre couleur de la nuit. Tu portes en toi la vie, a-t-elle remarqué, en caressant mon ventre bombé. Si tu es la nuit, Leila, ton bébé sera la clarté qui te guide.

C'est ce jour-là que Shams a trouvé son nom. J'allais l'appeler Qamar, d'après la lune, mais tu m'as dit que c'est le soleil qui donne à la lune sa lumière, alors je l'ai nommé Soleil. Où est ma lumière à présent ? Qu'ai-je fait des leçons de Layal ? Rien. Rien fait, rien réalisé depuis mon atterrissage à Londres. Je gaspille mes journées à errer et à me languir du temps perdu. Mhammad n'a pas tort, au fond. Suis-je si différente de la dame recluse ? Je m'assois par terre, adossée à la porte, enveloppée dans les souvenirs de la cuisine et des paroles de Layal, et ce parfum qui me fait des reproches sur la rue des Frontières.

♦

Le train siffle. Je bondis, étourdie, désorientée, comme si le plancher était devenu toxique. Depuis combien d'heures suis-je devant l'appartement 12 ? L'air dans le couloir pèse sur mes poumons. Le parfum colle à ma gorge, me bouche les orifices et les pores, oint d'encens les poils dressés sur mes bras. Je cligne des paupières, mais je ne vois rien, ni les murs ni la vitre au bout de l'étage donnant sur la rue. J'étends les bras de chaque côté, mesurant le vide, cherchant la porte engloutie dans le brouillard. Les effluves sont si épais qu'ils aspirent l'oxygène, me serrant, serrant, le cou et le front.

Je frappe à la porte. Trois coups.

Silence.

Je frappe encore. Fort et encore plus fort.

Silence.

— Ouvrez! Feu. Feu. Ouvrez!

Et le déclic de la serrure.

Je reste au seuil, n'osant pas avancer. Une présence derrière moi. Je la sens. Elle est en train de croître, il lui pousse une tête et des membres. Ses pieds touchent le plancher. Elle se penche vers moi, appuyant son poids sur mon dos et ordonne:

— Entre.

Tout est noir, tout est blanc. Les couleurs se dispersent, puis se rassemblent. Sa maison n'est que peinture, couche sur couche d'odeurs. Blanc sur blanc de parfums. Si éclatants qu'ils sont aveuglants. Fleuves de pétales asséchés sur le plancher. Rideaux à la place des murs, une jungle de plantes au lieu des fenêtres, feuilles et ombelles se livrant au feu sur le poêle, livres et poèmes, là où ni pieds ni meubles ni soleil ne sont allés. Le feu monte. Flambée d'arômes, d'herbes calcinées. Les flammes se nourrissent des cendres du thym, de la sauge et du romarin, rampant sur les murs comme des araignées. Entre deux nuages de fumée, les traits de l'appartement se matérialisent. Une silhouette se dessine. Elle devient visible, invisible au gré de la danse de l'encens.

— Ferme les paupières, couvre-toi le nez et la bouche, me dit-elle. Nos sens ne sont pas faits pour la nourriture des dieux.

J'obéis. Des mains se posent sur mes bras. L'étrangère me prend par le poignet et me guide vers les rideaux. Je les reconnais aux vagues veloutées sur mon visage.

— Ouvre les yeux, commande la voix.

Les rideaux se rabattent derrière moi, je me retourne, mais la silhouette n'est plus là. Un rire d'enfant me fait virevolter. Me voilà à Wandsworth Common, le ciel est gris, comme toujours. Les saules pleureurs pleurent, comme toujours. Les canards et les oies papotent et apostrophent leurs poussins quand ils errent trop loin, les coureurs courent, les marcheurs prennent des pauses sur les bancs face à l'étang.

C'est une journée comme les autres, sauf pour le couple qui se dispute près du pont. La dame porte sur les cheveux un foulard brodé comme celui que je nouais autour de ma gorge en Palestine. Son mari est vêtu d'une chemise qui ressemble à celle que j'avais offerte à Samer pour son anniversaire. Je marche dans leur direction, mais ni elle ni lui ne me voient. Je suis tellement proche que je sens le parfum de la dame. Elle porte mon parfum, parle avec son mari dans ma langue. Elle lui dit des choses que je n'ai jamais eu le courage de dire : qu'elle n'est pas la terre ni les racines qu'il recherche, qu'il n'est pas le rêve qu'on lui a arraché, que leur fils ne pourra jamais combler le vide qui les sépare. Il lui dit : Nour ! Elle répond : Je suis amoureuse, je te quitte.

Le train siffle encore. Je vois Charlie au loin. Le jeune homme à la barbe rousse est sur le pont, le regard braqué sur un garçon, un garçon qui a les cheveux noirs comme mon garçon, dont le rire vibre comme son rire. Le regard de Charlie braqué sur Shams! J'avance de quelques pas. Un papillon batifole. Shams grimpe sur la rambarde. Sur le visage de Charlie, la joie cède à l'inquiétude. Dans mon cœur, la confusion cède à la terreur. Shams tend le cou pour se rapprocher du papillon. Charlie, angoissé, pivote sur place, dodelinant de la tête en répétant *No! No! No!* L'apercevant d'une certaine distance, les gens prennent peur et rebroussent chemin. J'appelle à l'aide, mais personne ne vient. Je gesticule, mais le couple qui se dispute ne me voit toujours pas. J'accours vers Shams en le hélant. Il se tourne vers moi. Il me voit! Shams lâche la rambarde. Avant que je puisse dire «Non!», il perd l'équilibre. Ses cheveux volent dans la brise. Son corps chute, chute. Charlie hurle! Personne n'écoute. Je hurle! Personne n'entend. Sauf la mère dont le cri scie le ciel en deux. Sauf le père qui s'écroule. Je me penche par-dessus le précipice, cherchant Shams dans l'abîme, mais un vent visqueux fulmine sous le pont. Il engouffre les rails, la rambarde, le parc, aspirant le père sidéré. Du foulard de sa femme coule une marée rouge qui avance, avance, recouvrant l'étang, le gazon, le bois du pont. Elle s'empare de mes jambes, monte, monte le long de mon corps, et ce qui reste de moi est avalé.

Je tombe dans un endroit sans visage. Un hôpital, une école, une salle? Le lieu est tellement défiguré qu'il est méconnaissable. Il sent le vomi, le lait pourri. Des éclairs plaquent leur blancheur sur les murs et les giflent de tonnerre. Entre l'obscurité et la lumière, tu surgis, avançant à tâtons, relevant et baissant les genoux pour éviter les obstacles. Tu marches comme nous le faisions dans le bois, manœuvrant pour ne pas écraser les plantes délicates, trébuchant parfois sur une branche camouflée par la mousse. Mais nous ne sommes pas dans le bois, nous sommes loin de Montréal, des Laurentides, et bien loin de Ramallah. Les salamandres ont envahi Gaza, secrétant le poison de leur peau de lézard, corrodant les dunes par leur feu, asphyxiant la mer par leur souffle. Je tourne le regard vers le bas, là où tu fixes le sol. Les éclairs se projettent contre la noirceur, exposant leur film macabre. Jardin de têtes, de bras, de jambes. Certains sont petits, d'autres grands. Certains dormaient, d'autres travaillaient quand les salamandres sont arrivées.

Je cours vers toi, mais mon pied s'enfonce dans une cuisse affaissée. Le muscle se déchire. L'os craque. Un vagissement d'agonie rebondit d'une bouche à l'autre. J'entends le tonnerre me huer, et les sirènes siffler, et le *dum*, *dum*, *dum* de poings désespérés tambourinant contre les murs, les portes et les fenêtres. Les salamandres reviennent, elles reviennent, reviennent! Des silhouettes percent le noir. Elles t'enveloppent comme un drap. Tu mets le doigt sur tes lèvres, reculant, reculant, parmi elles. Je veux te rejoindre, mais entre nous, un plancher jonché de corps. Les herbes dépérissent, les rideaux explosent en flammes. Parmi les cadavres, tu hurles:

— Sors! Sors! Sors!

◆

La porte est défoncée. Des bras me portent. Je plane par-dessus les escaliers, d'un étage à l'autre, à travers les pare-feu. Le froid est glacial, une fois dehors. Je n'ai sur moi que mon pyjama. Mes pieds nus brûlent. Samer, Shams, Sally et le voisin d'en bas grelottent sur le trottoir. Shams saute dans mes bras en pleurant. Samer nous serre fort et me secoue aussitôt, les mains agrippées à mes épaules.

— Où étais-tu ! Tu n'as pas entendu l'alarme ?, vocifère-t-il.

Sally se fraie un chemin dans la foule.

— *Are you alright*?

— Nour ! Elle est encore là !

Sally fronce les sourcils.

— Nour ?

— Nous avons fait le tour de l'immeuble, s'interpose le pompier qui m'a secourue. Il est vide.

— Bennett !

— Bennett n'est pas là, Leila, me rassure Sally. Il est parti depuis jeudi.

— Non ! Le parfum ! Il est avec...

Une toux violente m'étrangle. Avant que je puisse ajouter un mot, un masque à oxygène est plaqué sur ma bouche.

◆

22 h. Le dernier train a traversé le viaduc. C'est lundi, une autre semaine commence, comme si de rien n'était. Demain, le train reviendra, tirant derrière lui l'aube et son filet argenté. Shams dort. Il s'est couché dans notre lit, terrifié par l'incendie. Samer a pris le canapé du salon. Je me lève difficilement, les poumons encore étranglés. Une odeur de brûlure traîne dans l'air. Je sors la tête et regarde vers le haut. Des tresses de fumée pendent de la fenêtre noircie de l'appartement 12, d'autres flottent vers les nuages. Grâce aux pare-feu que je déteste tant, les flammes ont été confinées au troisième étage.

Dimanche, 27 décembre 2009

Deux mois après le parfum
Un an après le massacre

Shams

— Raconte-moi l'histoire du Soleil amoureux, Maman.

— Ah, c'est une belle histoire.

— Est-ce qu'elle finit bien ?

— Tu me diras selon toi si elle est triste ou pas. D'accord ?

— D'accord.

— Aphrodite, la déesse de l'amour, voulait se venger du Soleil parce qu'il révélait ses secrets. Alors elle lui a jeté un sort qui l'a rendu fou amoureux de Leucothoé.

— Est-ce qu'elle était belle ?

— Oui. Très belle. Presque aussi belle que Suzannah. Mais Leucothoé était une mortelle, et pas n'importe laquelle. Elle était la princesse du pays du parfum. Son père, le roi Orchamos, enragé par la passion du Soleil, a enfoui sa fille sous le sable pour la cacher de ses rayons.

— Mais sous la terre, elle ne peut pas respirer !

— Hélas, non. Quand le Soleil l'a enfin trouvée, il était trop tard. Ni ses rayons ni sa chaleur ne pouvaient la raviver.

— C'est une histoire triste, Maman !

— Vas-tu m'écouter jusqu'à la fin ou non ? Le cœur brisé, le Soleil a fait une promesse solennelle à sa bien-aimée : « Malgré tout, tu monteras dans le ciel. » Il a recouvert alors Leucothoé d'un nectar enchanté. Et soudain, son corps s'est mis à se dissoudre et il s'est transformé en une fragrance divine qui a empli toute la terre de sa belle odeur. La fragrance s'est enracinée dans le sol, là où la princesse avait respiré son dernier souffle et à la place du corps de Leucothoé, une tige parfumée a bourgeonné. Elle a percé le tombeau et...

— Et quoi !

— C'est comme ça que l'encens est né !

— Oh.

— Alors, penses-tu encore que c'est une histoire triste ?

— Le Soleil n'a plus jamais vu Leucothoé.

— C'est vrai, mais leur amour était plus fort que la mort. Il la sentira pour toujours auprès de lui, sur la terre comme dans le ciel. C'est la magie du parfum.

— Est-ce que c'est l'histoire du Soleil que tu écris, Maman ?

— C'est l'histoire de gens qui s'aiment malgré tous les obstacles.

— Est-ce qu'elle finit bien ?

— Je ne sais pas encore. Il faudrait que je voyage pour trouver la fin de l'histoire.

— Voyager où ?

— Je cherche quelqu'un qui m'est très cher. Il t'a connu quand tu étais encore dans mon ventre. Sans lui, l'histoire restera inachevée.

— Tu reviendras après ?

Les yeux de Maman se sont mouillés.

— Un jour, oui...

Et soudain, mes yeux aussi se sont mouillés.

— Je t'aime, chéri, tu le sais, n'est-ce pas ?

— Et Papa ?

— J'aime Papa aussi, mais pas de la même façon.

— Ne pars pas, Maman.

— Si je ne pars pas, mon amour, je ne saurai jamais la fin de l'histoire.

Maman se met sur ses genoux, face à moi, au milieu du sentier du parc. Elle berce mon visage entre ses mains et essuie mes larmes.

— Entre-temps, nous devrons faire comme le Soleil et Leucothoé. Tu t'occuperas du jardin, avec Sally, et des herbes à la maison. D'accord ? Pour qu'elles ne perdent pas leur parfum. Comme ça, je serai toujours auprès de toi.

— Mais tu vas trop me manquer, Maman...

— Toi aussi, combien tu vas me manquer !

Elle me serre fort dans ses bras.

— Tiens, faisons-nous une promesse. Chaque fois que tu t'ennuies de moi, tu n'as qu'à frotter les feuilles des herbes. Leur parfum va voleter jusqu'à moi.

— Est-ce que tu le crois, vraiment ?

— Oui, je le crois, de tout cœur.

♦

Depuis le feu, Maman court moins. Elle prend un café avec Oncle Mhammad le matin, jardine avec Sally l'après-midi. Et quand nous ne sortons pas avec tante Miranda et Suzannah les week-ends, nous nous baladons dans le parc et nous parlons. Elle me raconte les légendes des plantes et des fleurs, m'apprend à faire de la magie avec les herbes. L'anis étoilé pour ne plus jamais oublier mes devoirs, la menthe pour rendre Suzannah amoureuse de moi, la sauge pour mes maux de ventre, le romarin pour ne pas être triste quand un oiseau meurt, et le thym pour attacher le cœur de Maman au mien. Quand nous rentrons à la maison, elle se met à son bureau, sort son carnet et écrit à la main. Quand je lui demande où elle en est rendue, elle me fait toujours la même promesse.

— Un jour, tu sauras la fin de l'histoire. Tu me liras et tu comprendras.

♦

Il est tard le soir. Ils pensent que je dors, mais je suis réveillé, caché dans le coin du corridor où l'ampoule est brûlée. Papa regarde la télé. Maman se lève du bureau et lui dit:

— J'ai terminé.

Il appuie sur «pause» avec la télécommande.

— Terminé quoi?

— Mon texte.

— Ton documentaire, tu veux dire?

Maman cherche ses mots.

— Oui... hmm. En fait, c'est sur la Palestine, mais finalement, j'ai écrit beaucoup plus.

— D'accord. Bravo. Au moins, maintenant tu pourras te joindre à nous, simples humains.

Papa n'est pas méchant. Il s'est juste ennuyé de Maman. Elle passe beaucoup de temps avec moi, mais très peu de temps avec lui.

— Tu ne veux pas savoir de quoi il s'agit?

Papa a recommencé à suivre l'émission.

— Quoi?

— Mon texte.

Maman soupire.

— Samer, il faut qu'on parle.

L'expression sur le visage de Papa change.

— Je...

— Leila, non. Je t'en prie, avant de prononcer un mot, penses-y. Ne dis rien qui pourrait nous jeter dans le précipice.

— Nous sommes ici depuis un an. J'ai fait ce que tu m'as demandé. J'ai tout quitté pour nous donner une deuxième chance à Londres.

— Qu'est-ce que tu cherches, Leila, *ah*? Je ne comprends pas! C'est pour lui que tu veux partir?

Silence.

— Il est mort! Il est allé jouer au sauveur à Gaza et il est mort!

— Tu ne le sais pas!

— Je t'ai pardonné. Tu m'as trahi et je t'ai pardonné! Combien de fois faut-il pardonner avant que tu m'aimes?

Maman baisse la tête.

— Je ne peux pas te donner ce que je n'ai pas.

— As-tu pensé une seconde à Shams?

— Oui, j'y ai pensé! Et ça fait des semaines que je me punis!

Papa rit.

— Tu te punis? Ha! Comment? En courant et écrivant à longueur de journée?

— J'ai écrit, oui! J'ai imaginé le pire! J'ai écrit ma trahison...

— Tais-toi!

— Et j'ai imaginé la chose la plus horrible...

— Leila, arrête!

— J'ai vu Shams...

Papa bondit sur Maman. Je plaque les mains sur mes oreilles. Il la pousse entre les coussins du canapé. Elle lutte pour se libérer.

— Je suis devenue l'ombre de moi-même, rien qu'un fantôme! Je me suis privée de tout. J'ai imaginé le pire et ce qui suivra le pire!

— Aie pitié de moi et tais-toi!, hurle Papa. Il la secoue tellement fort qu'elle n'arrive plus à parler.

— Et... malgré... tout...

Les mains de Papa sur le cou de Maman. Je veux qu'il arrête. Pourquoi il n'arrête pas?!

— Je... veux... PAR-TIR!

Papa lui serre la gorge. Les yeux de Maman s'écarquillent.

— NON!

Je cours en criant et me jette sur Papa. Il fait un saut. Je tombe contre la télévision. L'écran se renverse et craque en mille morceaux.

— Shams!

Il relâche Maman et me couvre de son corps.

— Es-tu blessé, petit soleil, es-tu... est-ce que... est-ce que je t'ai fait mal... es-tu...?

Papa tremble. Maman tousse. Je le repousse et plonge dans les bras de Maman. Elle me serre fort et me berce.

— Tout va bien, mon amour, tout va bien. C'est fini, murmure-t-elle, la voix étouffée. Je suis désolée, tellement désolée...

Papa recule contre le mur, les larmes aux yeux. Il s'enroule sur lui-même et enfouit la tête entre ses bras, sanglotant à côté de la télévision brisée.

Leila

Vendredi, 15 janvier 2010

— Il est temps.

La valise et le sac à dos sont dans l'entrée. Samer est au salon, debout face à la fenêtre. Je m'approche de lui. Nous regardons dans la même direction.

— As-tu considéré…, commence-t-il.

Ses yeux sont fixés sur l'horizon.

— Samer, ça fait trois semaines qu'on en parle…

— As-tu considéré, répète-t-il, la possibilité que tu risquais tout pour rien ? Ça fait un an, quand même.

— Oui.

— Et si tu vas à sa recherche et que tu découvres qu'il est mort ?

Il parle doucement, résigné comme un arbre brisé par la tempête. Jamais il n'a été aussi beau à mes yeux qu'aujourd'hui.

— Qu'il soit dans les tunnels ou dans un cimetière, toi et moi, nous serons toujours les mêmes, tu ne le vois pas ?

— Et Shams ? Comment a-t-on pu donner vie à Shams, notre Shams, si nous n'étions pas faits l'un pour l'autre, Leila ?

— Il est ce que nous cachons de plus beau en nous. La raison pour laquelle nous avons tenu le coup.

— Alors qu'est-ce qui a changé ? J'y pense depuis trois semaines. Je ne comprends pas ce qui a changé.

— Le parfum...

— Le parfum ? S'il te plaît, Leila, épargne-moi tes énigmes.

— Nous ne vivons qu'à moitié, toi et moi. Ni heureux ni malheureux. Une vie sans odeur. Ce n'est pas assez, Samer. Le temps file et nous passons à côté de tant de choses.

— C'est la réponse que tu me donnes ? Sois pour une fois claire avec moi. Est-ce trop te demander ?

— Je n'ai pas de réponses. Je n'ai jamais eu de réponses. Arrête d'en exiger de moi, je t'en prie. Je n'ai que des questions... et des poèmes. Tu t'es marié avec une musicienne qui aime la poésie. Mais à quoi tu t'attendais ?

— Et toi ? À quoi tu t'attendais ? Que je me mette à te réciter des poèmes ? Tu es injuste.

J'étouffe un sanglot.

— C'est la vie qui est injuste. Je ne sais pas... pourquoi nos routes se sont croisées. Je ne sais pas pourquoi nous sommes restés ensemble si longtemps sans... sans nous entretuer, mais je sais que nous ne pourrons plus continuer.

Je lui prends la main et lui dis la seule chose que je peux lui dire :

— *Partons... tels que nous sommes : une dame libre et son ami fidèle. Partons... ensemble dans deux chemins. Partons tels que nous sommes... unis et séparés. Les amandiers n'ont pas...*

Il arrache sa main avant que je puisse terminer.

— Qu'est-ce que tu as dit à Shams avant de le laisser à l'école ?

— Je lui ai déjà parlé plusieurs fois avant aujourd'hui. Il savait...

— Comment... a-t-il réagi ?

Mes lèvres tremblent.

— Un jour... je vais m'expliquer. Et je vais subir les conséquences. Mais aujourd'hui... il aura besoin de toi.

Il baisse le regard, frotte ses doigts contre le romarin. Les herbes que j'ai arrangées sur le bord de la fenêtre dansent dans la brise.

— Est-ce qu'elles y sont pour quelque chose ?

Je ne réponds pas à la question.

— Je ne m'attends à rien, Samer. Je te demande seulement de laisser Shams prendre soin des herbes. Il aime la nature. Il aime tout ce qui est vivant, et tendre.

— Je sais.

◆

Avant de quitter l'immeuble, je glisse une enveloppe dans le courrier éparpillé par terre. Tout à l'heure, Sally recevra une lettre de son pianiste lui annonçant qu'il a trouvé le bonheur à Montréal, qu'il voyage avec une poète, lui, jouant du piano, elle, récitant de la poésie dans les églises de l'Amérique. Un destin digne des espérances de celle qui l'a cru et l'a écouté.

Chère Sally,

Sois heureuse. N'attends plus mes lettres pour l'être. Trouve ton bonheur comme j'ai trouvé ma musique. Ton fidèle pianiste, Svet.

Je laisse la lettre et je marche, sac au dos et valise roulant sur le trottoir. Je prends le train vers Paddington Station, et je sonne à la porte de mon cousin.

— Cousine! Quelle belle surprise!

Il est échevelé, la barbe pas encore rasée, mais de bonne humeur, comme toujours.

— Entre, entre! Désolé, le ménage n'est pas fait, mais bon, à quoi tu t'attends de ton cousin!

— Je pars, Mhammad.

C'est alors qu'il remarque la valise.

— Oh.

— Tu m'as conseillé d'aller jusqu'au bout. Je t'ai averti. Je t'ai dit que tu ne savais pas ce que tu me demandais.

Il me prend dans ses bras.

— Tu ne veux pas savoir où je vais ?

— Ce serait comme demander à l'oiseau dans quelle saison il habite.

— Je compte sur toi, Cousin. Shams et Samer auront besoin de toi.

Je dépose mon sac à dos et lui donne le carnet.

— C'est pour toi.

— Qu'est-ce que c'est ?

— Une histoire. En fait, non. Deux. En tout cas, c'est pour toi, fais-en ce que tu veux.

— C'est en anglais ou en français ?

— Ni l'un ni l'autre. C'est en arabe.

— Je ne savais pas que tu écrivais toujours en arabe.

— Les choses fondamentales ne changent pas.

Il me pince tendrement la joue.

— Pourquoi moi ?

— Parce que je sais que tu comprendras.

Et parce qu'il est libre et qu'il n'a peur de rien.

— Moi, comprendre ? Je vais probablement sauter directement aux passages juteux. J'espère que tu en as mis quelques-uns !

Je l'embrasse, colle mon front au sien.

— Tu vas me manquer, Cousin.

La façade courageuse s'effondre.

— Toi aussi, tu vas me manquer, murmure-t-il, la voix étranglée.

— Mhammad, il faut que tu saches. L'une des histoires est... fictive.

— Et alors? Si c'est toi qui les as écrites, à mes yeux, les deux sont vraies.

Je souris.

— Tu vois? Tu as tout compris.

Je m'engage dans la rue.

— Leila! As-tu jamais découvert qui te laissait les herbes dans le couloir?

— Non, mais ce n'est pas important. La seule chose qui compte, c'est le parfum.

Nour

À celle qui correspond avec le parfum des herbes,

Merci... Merci de m'avoir permis de pleurer. De m'avoir appris à faire le deuil. Et de m'avoir montré combien je l'aimais. Je regrette tant de ne pas t'avoir rencontrée en chair et en os. Je ne me suis pas donné ce droit. Je t'ai rencontrée dans son cœur et dans la fumée. Il me dit que tu habites la face obscure de la lune et moi, la claire, et que tu es, comme je le suis, la mère de Shams et la fille de sa lumière. Que tu es une femme de la nature. Tu fréquentes la ville par ses jardins, tu pêches les truites de l'étang, tu marches dans la neige et tu dors dans la vigie de ton amant. Je crois que je l'aurais été moi aussi, mais les murs et les barrières ont étouffé les enfances naturelles.

Sans doute est-ce une surprise que tu sois pour Bennett et moi un livre ouvert. C'est la magie du parfum. Les odeurs sont libres. Elles voyagent, ne connaissent aucune frontière. Indomptées, elles sont les lieux de l'impossible et de l'audace. Les feuilles de sauge sont plus bavardes que tu le crois. La menthe chante le secret des amoureux. L'anis répand les nouvelles avec les étoiles de ses ombelles. Comment ne pas te connaître alors que tu nous connaissais déjà? Comment ne pas lire les lignes de tes mains alors que tu avais lu mon poète ?

Quand tu ouvriras cette lettre, nous serons déjà bien loin, et toi, nomade, tu seras aussi ailleurs. Je t'écris pour te dire merci pour les herbes que tu as laissées dans le couloir. Sans elles, il n'aurait pas franchi le rideau, et je ne me serais pas affranchie de ma prison. Peut-être aurais-tu voulu que nous préparions une tisane ou que nous nous baignions dans leurs arômes, mais les papillons ne volent pas les ailes mouillées. Et les dieux ont pris goût au feu. Ils ont tout arraché et tout donné, tout allumé et tout incendié.

Je suis l'enfant de l'amour et de la guerre. J'ai enfanté le soleil qui réchauffe et qui consume. Quand mon soleil est mort, la cendre était telle qu'elle m'a enterrée, oiseau de feu sans étincelle. J'ai cherché la flamme pour renaître, mais elle somnolait dans le ravin de mon âme. Pour mettre à mort la mort, j'ai embrasé les herbes. Pour traverser la barrière, j'ai traversé la fumée.

Nous nous sommes rencontrées dans la brume. Tu es entrée dans mon cauchemar, je suis entrée dans ton rêve. J'ai transpercé les nuages en appelant ton nom, mais c'est lui que j'ai trouvé. Lui, qui a ravi ton cœur et le mien.

Je l'ai aperçu de dos, au loin, debout sous un auvent de feuilles de vigne, Tante Layal en chaise roulante à côté de lui, leurs visages fixés sur la maison en pierre emperlée de figuiers. Je me suis approchée, mais c'est l'horreur qui m'a accueillie. Le bulldozeur croquait dans le visage de la maison de mon enfance, arrachait les fruitiers plantés dans les fossettes de ses joues. Celui qui porte nos cœurs pleurait, alors que ma tante observait le monstre, pas une larme dans ses yeux.

— Tout est perdu.

Il a murmuré les mots d'une voix triste et défaite. Tante Layal a replacé son châle sur ses cheveux blancs, jour qui recouvre le jour. Elle a posé sa main sur la sienne. Lumière qui n'a d'égal qu'elle-même.

— Notre terre est la Terre des dieux. Quand tout est perdu, il faut apprendre à vivre comme eux. Ils n'ont pas besoin de maison, ni de fruits ni de sol, les dieux n'ont pas besoin de corps. Ils vivent sur un nuage et se nourrissent des arômes du jardin. Cueille pour moi les herbes et demain nous vivrons de nouveau.

Il a marché vers les ruines et s'est prosterné. J'ai avancé vers la plaie, caressant au passage l'épaule de ma tante. Elle m'a souri, son regard, édredon de chaleur sur ma nuque. Je me suis agenouillée à côté de lui alors qu'il récoltait les herbes sous les arbres déracinés et la pierre pulvérisée. J'ai vu dans ses yeux la menthe, le romarin, la sauge, le thym. J'ai vu dans ses yeux l'anis étoilé et le parfum de l'univers. Il était rouge, il était vert, alchimie de colère et de tendresse. Le parfum s'est épanché de son cœur à mon âme et m'a emportée. Grâce à lui, grâce à toi, me voilà libre, flamme rallumée, fragrance voletant par-delà les frontières.

Certains te diront que je me suis suicidée, d'autres ne croiront même pas que j'ai existé.

Certains feront de ma fiction un prétexte pour détourner leur conscience de l'horreur et des enfants qui meurent sous les bombes. Dis-leur que je suis aussi réelle que la guerre, aussi vraie que l'amour. Dis-leur que la vie est un poème, il suffit de trouver le sien. Le jour où tu le trouveras, Leila, laisse-le t'emporter, et si jamais les dieux, par jalousie, te le prennent, écris ton poème toi-même et déploie tes ailes.

Avec toi, de tout cœur,

Nour

La poésie de Mahmoud Darwich
citée dans le roman

Une mémoire pour l'oubli, Arles, Actes Sud, 1994.

Pourquoi as-tu laissé le cheval à sa solitude?, Arles, Actes Sud, 1996.

Le lit de l'étrangère, Arles, Actes Sud, 2000.

Murale, Arles, Actes Sud, 2003.

Comme des fleurs d'amandier ou plus loin, Arles, Actes Sud, 2007.

La trace du papillon, Arles, Actes Sud, 2009.

Nous choisirons Sophocle et autres poèmes, Arles, Actes Sud, 2011.

SOURCES DES MYTHES ET LÉGENDES

Marcel Detienne, *Les jardins d'Adonis. La mythologie des aromates en Grèce*, Paris, Gallimard, 2007.

Michelle Jeanguyot et Martine Seguir-Guis, *L'herbier voyageur. Histoire des fruits, légumes et épices du monde*, Toulouse, Éditions Plume de carotte, 2009.

Bernard Bertrand, *L'herbier érotique. Histoires et légendes des plantes aphrodisiaques*, Toulouse, Éditions Plume de carotte, 2010.

DANS LA MÊME COLLECTION

Gouverneurs de la rosée, Jacques Roumain
Nègre blanc, Jean-Marc Pasquet
Trilogie tropicale, Raphaël Confiant
Brisants, Max Jeanne
Une aiguille nue, Nuruddin Farah
Mémoire errante (coédition avec Remue-Ménage), J.J. Dominique
Dessalines, Guy Poitry
Litanie pour le Nègre fondamental, Jean Bernabé
L'allée des soupirs, Raphaël Confiant
Je ne suis pas Jack Kérouac (coédition avec Fédérop), Jean-Paul Loubes
Saison de porcs, Gary Victor
Traversée de l'Amérique dans les yeux d'un papillon, Laure Morali
Les immortelles, Makenzy Orcel
Le reste du temps, Emmelie Prophète
L'amour au temps des mimosas, Nadia Ghalem
La dot de Sara (coédition avec Remue-Ménage), Marie-Célie Agnant
L'ombre de l'olivier, Yara El-Ghadban
Kuessipan, Naomi Fontaine
Cora Geffrard, Michel Soukar
Les latrines, Makenzy Orcel
Vers l'Ouest, Mahigan Lepage
Soro, Gary Victor
Les tiens, Claude-Andrée L'Espérance
L'invention de la tribu, Catherine-Lune Grayson

Détour par First Avenue, Myrtelle Devilmé
Éloge des ténèbres, Verly Dabel
Impasse Dignité, Emmelie Prophète
La prison des jours, Michel Soukar
Coulées, Mahigan Lepage
Maudite éducation, Gary Victor
Je ne savais pas que la vie serait si longue après la mort, collectif dirigé par Gary Victor
Jeune fille vue de dos, Céline Nannini
L'amant du lac, Virginia Pésémapéo Bordeleau
La nuit de l'Imoko, Boubacar Boris Diop
Les chants incomplets, Miguel Duplan
La dernière nuit de Cincinnatus Leconte, Michel Soukar
Cures et châtiments, Gary Victor
Des vies cassées, Nigel H. Thomas (traduit par Alexie Doucet)
Le testament des solitudes, Emmelie Prophète
Première nuit: une anthologie du désir, collectif dirigé par Léonora Miano
La maison des épices, Nafissatou Dia Diouf
L'enfant hiver, Virginia Pésémapéo Bordeleau
Quartz, Joanne Rochette
Fuites mineures, Mahigan Lepage
Les brasseurs de la ville, Evains Wêche
Le vieux canapé bleu, Seymour Mayne
Volcaniques: une anthologie du plaisir, collectif dirigé par Léonora Miano
Le bout du monde est une fenêtre, Emmelie Prophète
Manhattan Blues, Jean-Claude Charles

L'OUVRAGE
LE PARFUM DE NOUR
DE YARA EL-GHADBAN
EST COMPOSÉ EN BOOKMAN CORPS 11.5/14.
IL EST IMPRIMÉ SUR DU PAPIER ENVIRO 100
CONTENANT 100%
DE FIBRES RECYCLÉES POSTCONSOMMATION,
EN AOÛT 2015
AU QUÉBEC (CANADA)
PAR IMPRIMERIE GAUVIN
POUR LE COMPTE DES ÉDITIONS MÉMOIRE D'ENCRIER INC.